妹ぺろぺろ♥

鷹羽シン

illustration◎成瀬 守

美少女文庫
FRANCE SHOIN

プロローグ　妹はオトナになりたいの

五月に入り、新緑も深まってきた頃。夕暮れ時の教室がまばゆいオレンジの光に包まれるなか、日直の仕事を終えた白坂陣《しらさかじん》は目を細めつつ一息吐いた。

「さてと。帰るか」

学生鞄を手に取ると、いまだ教室内に残っている友人たちに手を軽く振り、教室を後にする。窓の外をぼんやりと眺めながら廊下を歩いていると、校庭のトラックの外側で飛んだり跳ねたりしている女子の集団が目に入った。そしてそのなかの、一際小さくも愛らしい動きを見せている少女に目を奪われると、途端に陣の相好が崩れる。

「ちょっと様子を見に行ってみるかな」

陣は一転足取りをウキウキさせて、廊下を軽やかに歩を進めた。

グラウンドの脇までやってきた陣は、坂になっている芝生の上に腰を下ろすと、眼前で軽やかに飛び跳ねる女子の一団に視線を向けた。

そこにいたのは、練習中のチアリーディング部であった。ハイネックの白いノースリーブシャツにオレンジ色のミニプリーツスカート。手には手首までの短い白手袋を塡め、足には白いオーバーニーソックスとシューズを履いている。

健康的でありつつも艶やかなコスチュームに身を包んだ一団はなんとも魅力的であったが、陣の視線が吸い寄せられているのはそのうちのただ一点。長身でスタイルのよい女生徒たちのなかにあって一際目立つ、小柄な少女であった。

身長は百五十センチと、周囲の女生徒たちと比べれば頭一つ小さい。柔らかそうな栗色のショートヘアに、愛らしくもあどけない丸顔に垂れがちの目。身長も相まって中学生に間違われることも多いが、れっきとした高校一年生である。

そんなあどけない少女であったが、乳房は年相応、いやそれ以上に成長しており、ユニフォームの上にくっきりと盛り上がったDカップの豊かな乳房を、飛び跳ねるたびにぽよぽよと揺らしていた。

その柔らかそうに揺れる乳房に、陣の顔がますます緩む。顔を緩ませながら女子部の練習をただ眺めている男子生徒。通常ならすぐにその場を追い立てられかねないが、しかし陣がその少女を眺めていられるのには理由があった。

少女の名は、白坂みるく。陣の、一つ年下の妹なのである。

「ねえ、みるく。またお兄さんが見に来てるよ」

「えっ。ホント？」

隣に立つ友人に声をかけられ、みるくはパッと顔を輝かせる。そしてキョロキョロと視線を走らせると兄の姿を見つけ、満面の笑みを浮かべて右手をブンブンと振った。

笑顔で小さく手を振り返した兄に、みるくの顔は眩《まばゆ》いばかりの幸せな笑顔に包まれる。

「こら、白坂さん。練習に集中しなさい」

「は、はいっ。ごめんなさいです、せんぱいっ」

集団の手前で全体を指導している先輩にたしなめられて、みるくは兄に見守られている喜びを感じつつ、再び練習に没頭していった。


自分に気づいて一瞬顔を輝かせたものの、先輩にたしなめられてチロッと舌を出し、再び練習に没頭していくみるく。そのすべての所作を愛らしく感じながら、陣はますます相好を崩した。

みるくは陣の妹である。と言っても、実はこの春に妹になったばかりなのだ。陣とみるくはお隣同士の幼なじみであり、幼い頃から兄妹同然の間柄であった。そしてこの春、片親同士だった陣の父とみるくの母が再婚し、二人は本当の兄妹となったのだった。

もっとも、みるくは昔から陣のことを「おにいちゃん」と呼び慕っていたため、表面上の変化はあまりなかった。むしろ本当の兄妹となったことで、みるくはより大胆に兄である陣に甘えるようになっていた。

陣もまた、みるくが愛しくて仕方がなかった。小学校高学年の頃はまとわりついてくるみるくがわずらわしく感じられることもあったが、そんな時期もとうに過ぎ、素直に愛情表現を示すみるくが今はかわいくて仕方ない。本当の兄妹となったことでより素直に愛情を注げるようになったのは、陣もまた同じであった。

男子生徒に見つめられているというのに、チアリーディング部はまるで気にする様子もなく練習をつづけていた。陣の視線がみるくにしか注がれていないことを皆よく知っているからであった。

それでも四月には異論も出ていたのだが、みるくが皆に頼んで陣の見学の許可をもらったのだ。入部してすぐに部のマスコット的存在になり皆から愛されていったみるくは、陣に見守られていると本当に幸せそうに演技をするので、周囲もそんなみるくが愛らしくなって陣の見学を許可するようになったのだった。

練習も終わりへと近づいた頃。少女たちはいくつかの小グループを作り、音楽に合わせてそれぞれ練習に取り組んでいる。するとみるくの両脇の女生徒が、ダンスをつづけながらもみるくの側により耳元で囁いた。

「みるく。あれ、やってみない？」

みるくの同級生である、ポニーテールの健康的な少女、優《ゆう》が尋ねる。

「えっ。でもまだ練習中だし、できるかなぁ」

「大丈夫よ。昨日はできたじゃない。それに、お兄さんに見せてあげたいってがんばって練習してたんだもの。やらなきゃもったいないって」

やはりみるくの同級生である、ウェーブのかかった長い髪を後ろで束ねた大人びた少女、真里《まり》も背中を押す。

「そうかな。うん、そうだよね。わたし、やってみるっ」

みるくがニコッと笑顔を浮かべて頷くと、優と真里も頷いた。そして音楽のクライマックスに合わせて、二人が手を組んで足場を作り、みるくがその上に乗る。

「それ～っ！」

二人が組んだ足場を押し上げると、みるくはそれに合わせて高々とジャンプし、両手と両足を左右に大きく広げた。

「おお～っ」

思わず陣が感嘆を漏らす。みるくの美しい演技に感動を覚えつつ、その視線はプルリと弾む豊かな乳房と、大きく広げられた両脚によりプリーツスカートから全開で覗いている純白のアンダースコートに釘づけになっていた。

やがて、落下してくるみるくの背中を二人の少女が受け止める。みるくはジャンプが成功したことに嬉しそうに笑顔を浮かべ、陣に向かって小さくピースサインを向ける。陣は大きく頷きながら、みるくに拍手を送ったのだった。

「おにいちゃ〜んっ」

練習が終わると、みるくが一目散に陣の元へ駆け寄ってきた。陣が立ち上がり両手を広げると、みるくは陣の胸にスポッと飛びこみ頬をグリグリと擂り寄せる。

「おにいちゃん。わたしの演技、どうだった？」

つぶらな瞳をキラキラと輝かせて陣の顔を見上げているみるく。身長が百七十近い陣を前にすると、どうしても見上げる形になってしまう。陣はみるくの頭に手を乗せると、その髪を優しく撫でてやる。

「格好よかったよ。最後のジャンプにはビックリしたな」

「ホント？　えへへ。ゆうちゃんとまりちゃんと、いっぱい練習したんだよ」

陣が褒《ほ》めてやると、みるくは本当に嬉しそうな笑顔を浮かべる。陣はたまらなくな

って、みるくの小さな頭をぎゅうっと抱きしめた。

(ふわわ。おにいちゃんの匂いだ……)

兄の腕に包まれ、みるくはうっとりと目をつぶる。そんな兄妹の度を越えたスキンシップを、周囲は呆れつつもにこやかに見つめていた。

「本当、みるくはブラコンよねえ」

「ま、お兄さんもお兄さんだし、お似合いなんじゃない」

呆れたように呟く優。真里は楽しそうに笑みをこぼした。

「おにいちゃん。今日は一緒に帰れるの？」

「ああ、そのつもりだよ。夕飯の買い物もしていこうか。みるくは今日、なにが食べたい？」

「わたし、オムライスがいいな。おにいちゃん、一緒に作ろうね。それじゃ、着替えてくるから待っててね」

「わかった。転ぶなよ～」

部員たちの下へパタパタと駆けていくみるくの楽しそうな後ろ姿を、陣は目を細めて見送った。


濃紺のセーラー服に着替えたみるくと並んで帰宅した陣は、スーパーマーケットで夕食の材料を購入してから帰宅した。

「ふみゅ～。甘くておいひい～」

帰り道、みるくはスーパーで買ったミルク味のアイスキャンディーを咥《くわ》えて、チュパチュパと美味しそうにしゃぶりながら歩いている。名は体を表すというのか、みるくはミルク味の甘い物が大好きなのだった。

「ほら、みるく。口から白いのが垂れてるぞ」

口元が溶けたミルクでペトペトになっているみるくを見かねて、陣がハンカチでみるくの唇のまわりを拭ってやる。

「ぷあ。ありがとう、おにいひゃん」

みるくがニコッと微笑む。その愛らしい唇で棒状の物を咥え口のまわりを白い液体で汚しているみるくに、密かに興奮していた陣は、みるくの無邪気な笑顔にバツが悪くなってポリポリと頬を掻いた。

「チュパッ。ただいま～」

家の玄関に着いたみるくは、鍵を開けて帰宅を告げる。といっても、なかから返事はない。今この家に暮らしているのは、陣とみるくの兄妹二人きりなのだ。

陣の父とみるくの母は、新婚旅行として世界一周旅行に出かけている。みるくの母の長年の夢だったそうだ。共に暮らすこととなりお隣だったみるくの家を売却したことで、白坂家は金銭的にも余裕があった。

　それでも高校生の兄妹二人を残していくことを心配していた両親だが、陣とみるくが心配ないと説得したこともあり、両親は二人だけで出かけていったのだ。陣もみるくもそれぞれ父母を愛していたため、せっかくの新婚期間なのだから思いきり二人だけで幸せを満喫してほしいという想いを抱いていたのだった。

「えへへ。おにいちゃんと一緒のおうちに帰るの、うれしいな」

「それ、先月からずっと言ってるぞ」

「だって、嬉しいんだもん。えへへっ」

　みるくが本当に嬉しそうに表情を崩す。まだ兄妹となる前は、いつも玄関先で別れる際に淋しそうに表情を曇らせていたみるくだ。こうして玄関をくぐってもまだ陣と一緒にいられることが、嬉しくて仕方がないといった様子であった。

「腹も減ったし、手を洗ってさっそく夕飯の支度するか」

　みるくの頭をグリグリと撫で、陣が言う。みるくが見上げると、陣は慈しむように目を細めてみるくを見つめていた。

「うんっ」

　みるくは頷くと、兄の手を引きながら洗面所へトテトテと駆けていったのだった。

夕食の献立はオムライスとツナサラダに、オニオンスープ。二人とも昔から両親の留守時には家事全般をこなしていたので、料理に関しても苦ではなかった。

「おにいちゃん。ケチャップかけてあげるね。なにを描いてほしい？」

皿に盛られたアツアツのオムライスを前に、ケチャップのボトルを握りながらみるくが楽しそうに尋ねてくる。ちなみに今はセーラー服を着替え、白いTシャツと赤のキュロットスカートを身に着けている。陣もTシャツとハーフパンツに着替えていた。

「そうだなぁ。あ、そうだ。クイズにしよう。みるくの好きな物を描いてみてよ。当ててみるから」

「ほんとう？　それじゃね～……んしょ……」

みるくは小首を傾げて少し考えてから、黄色いキャンバスに向かって赤い線を描いてゆく。

「じゃ～ん。これな～んだ」

「おお。かわいいクマだな」

「く、クマさんじゃないよ。ネコさんだよ～」

みるくが真っ赤な顔で両手をブンブン振りまわして否定する。いかんせん、みるくには絵心がなかった。

「ああ、ネコか。言われてみればそんな気もするな。そうだ。クマとネコの間で、パンダってことにするのはどうだ？」

「だからネコさんなのに～。む～。……いいもん。本当にパンダさんにしちゃうもん」

　みるくが頬を膨らませつつケチャップを追加していく。結果的に黄色のかなりの部分が赤で覆い隠された。少し味が濃いかもしれない。

「よし。それじゃみるくの分は俺が描いてやるよ」

「えっ？　なになに。なにを描くの？」

「みるくが並べ忘れてる物かな」

　そう言うと陣はケチャップを手に、縦長の瓶状の物体を描いた。しばし卵の上に赤く描かれたそれを首を傾げてみていたみるくは、なにかに気がついたのかパッと顔を輝かせると、冷蔵庫の前にトテテと駆けてゆく。

「おにいちゃん。正解はこれでしょ」

　冷蔵庫のドアを開けたみるくは、牛乳瓶を手にしていた。陣は手で丸を作ってやる。

「えへへ。正解だ～。でも、ミルクなら、ビンじゃなくてウシさんを描いてほしかったな～」

「俺が動物を描くとクマネコに次ぐ新たな動物が生まれちゃいそうだからな」

「だからクマさんじゃなくてネコさんなの～っ」

両手を挙げて抗議するみるくの頭を、陣はポンポンと叩く。

「さ、早く食べようぜ。せっかく作った料理が冷めちゃうよ」

「あ、うんっ。わたし、ミルク入れるね」

みるくは食器棚からグラスを二つ取り出すとテーブルに並べ、牛乳を注いでゆく。白坂家では洋食時のドリンクは牛乳というのが定番だ。といってもその習慣はみるくが持ちこんだものである。みるくは牛乳も大好きなのだ。

「それじゃ、いただきま～す。……おいしい～♪」

オムライスをスプーンで口に運んだみるくが、頬を押さえて蕩けそうな笑顔を浮かべている。食事をするなら、一人より二人の方がよい。向かいに座るのがかわいい妹ならばなおさらだ。そんなことを考えながら、陣もスプーンを口に運ぶのだった。


夕食を終え、二人で後片づけをする。食器を上の棚にしまおうとピョンピョン飛び跳ねているみるくを支えてやったりしながら片づけを終えると、食後の一休み。

リビングのソファーに並んで座り、温かいコーヒーを飲みながらバラエティ番組をのんびりと見ていた。同じコーヒーといっても、陣のカップにはミルクが数滴垂らされただけだが、みるくのカップはホットミルクにコーヒーの粉を入れたものであった。むしろカフェオレと呼ぶべきかもしれない。

番組が終わり午後九時に差しかかった頃、みるくが陣のTシャツの袖をクイクイと引っ張った。

「ねえ、おにいちゃん。そろそろお風呂に入ろう」

「あ、ああ。……今日も、一緒に入るのか？」

「もちろんっ。だって、兄妹なんだもん」

みるくはニコッと笑顔を浮かべると、陣の腕を取りギュッと抱きしめた。

「……そうだな。兄妹だもんな」

自分にそう言い聞かせつつ、陣は頷き、ソファーから立ち上がったのだった。


みるくと初めて一緒に入浴したのは、両親が新婚旅行に旅立った日の夜だった。厳密に言えば、小学校低学年の頃までは、みるくの家に遊びに行った際に一緒に入ったことは何度かあった。しかしまさかこの年になって一緒に入ろうと言われるなどとは思わず、陣は大きく面食らった。

『だって、わたしたち兄妹になったんだもん。だから、一緒に入りたいの。ねっ？いいでしょ、おにいちゃん』

胸にしがみついたみるくが、瞳をウルウルと潤ませて上目遣いで見つめてくる。愛らしい顔は羞恥心で真っ赤に染まっていた。恥ずかしさを押し殺してでも、本当の兄妹としてより深く陣と触れ合いたいのだろう。そんなみるくを、陣が振り払うことなどできるはずもなく。

『……そうだな。一緒に入るか』

照れをごまかしつつ、そう言って笑顔を向けたのだった。

「フンフ～ン……♪」

鼻歌を歌いながら泡立てたスポンジで体を洗うみるくを、バスタブに浸かった陣はそっと盗み見ていた。

みるくは水着を着ることもなく、まさしく全裸であった。といっても入浴中に積極的に裸体を見せつけたりすることはない。しかし、必要以上に隠すこともしない。あくまで兄妹として自然に入浴している、といった雰囲気だ。

みるくは今、陣に背中を向けて椅子に座っている。その白い肌がほんのりと桜色に染まっているのは体が温まった故か、それとも陣の視線を多少なりとも感じているのだろうか。

小さな背中では隠しきれない豊かな乳房が、みるくが腕を動かすたびにフルフルと揺れているのが垣間見える。椅子の上に置かれた桃尻はなんとも艶かしい曲線を描いており、陣は思わずゴクリと唾を飲みこんでしまい、慌てて頭を振った。

（……ヤバイ。興奮してきた……）

いけないと思いつつも、陣の分身がムクムクと首をもたげてくる。これまでも何度か、いや正確に言えば毎日、陣は入浴時に勃起していた。幸いというべきか、みるくは陣以外の陰茎を見たことはないので、時折目を丸くし驚いたような顔をしていることはあるものの、大人の陰茎とはそういう大きさなのだと思いこんでいる節があった。

「う～ん……生えてこないなぁ」

みるくが泡立ったスポンジで腋を撫でながらポソッと呟く。みるくの腋は、ツルリとした無毛であった。

「ハハ。みるくはまだまだ子供だな。あっちもツルツルだしな」

「む～。子供じゃないもん」

みるくが振り向き、頬をぷくっと膨らます。その所作がまさしく子供そのものだな、と思う陣であったが、しかしみるくの肢体は小柄ながらも女性らしく成長していることは陣自身がよくわかっている。子供だと口にしたのは、自分自身に言い聞かせている部分もあったのかもしれない。

「……おにいちゃんは、オトナの女の人が好きなんだよね」

毛の一本すら生えていない自身のツルリとした下腹部を見下ろしながら、みるくが陣に尋ねてくる。これまでも何度かぶつけられた質問だ。

「ああ。スラッと背が高くてスタイルのいい、格好いい女の人が理想のタイプだな」

「……そっか。そうだよね。はぁ……」

ツルツルの恥丘を見ながら、みるくが溜息を吐いた。陣は手を伸ばして、みるくの頭を軽く撫でてやる。

「安心しろって。さっきのは恋人の理想の話で、妹にするならみるくみたいなかわいい子が一番だからさ」

「えへへ。そうかな……」

かわいいと言われ、みるくがパッと顔を輝かせる。しかし次の瞬間には、なんとも複雑な笑顔になっていた。

「さて。そろそろ出るかな」

「え〜っ。もう出ちゃうの？　一緒にお湯に浸かりたかったのに〜」

「悪いな。長風呂は苦手なんだよ。みるくはゆっくり入ってな」

「は〜い。そうだ。アイスキャンディーを買ってあるから、お風呂を上がったら一緒に食べようね、おにいちゃん。先に食べちゃったらヤだよ」

「ははっ。了解。ちゃんと上がるまで待ってるよ」

さりげなく右手で前を隠しつつ左手をみるくに向かってヒラヒラと振ると、陣は浴室を出ていった。

浴室を出ると、陣は脱衣所でバスタオルを頭からかぶり、体を拭く。そして全裸のまま着替えを引っつかみ、脱衣所を出て二階にある自室へと向かう。唯一の同居者はいまだ入浴中なので、陣を咎《とが》める者は誰もいなかった。

「……ふう」

自室の扉を閉めると、陣は扉に背をもたれかけさせながら大きく息を吐いた。視線の先には、弾けんばかりに大きく硬く隆起した己の分身が見える。

「……よく我慢したな、おまえ」

陣は指先で軽く分身を弾いてみる。分身は不満を訴えかけるかのように、ブルンと大きく身を震わせた。

大人の女性がタイプだなどと、真っ赤な嘘である。陣はみるくを誰よりも魅力的に感じていた。チア部を見渡してみれば、美人でスタイルのいい少女はいくらでもいる。しかし陣の目にはみるくしか入らない。陣は女性としてみるくを見ており、そしてその愛らしさに魅力を感じていたのだ。

陣はリモコンでテレビをつけるとＤＶＤをセットし、ベッドに腰を下ろす。やがて始まる映像は、本来なら陣の年では見てはいけないもの。ロリータフェイスが売りの、巨乳美少女のアダルトビデオであった。出演している女優の顔は、どこかみるくに似ていた。

「俺はみるくに興奮してるんじゃないぞ。たまたまそういうAVが手元にあっただけだ」

陣はヘッドホンを装着すると、そう呟きながら己の分身を握りしめる。みるくの入浴時間は長い。本来ならば、陣ものんびりと入浴するタイプなのだが、みるくと一緒に入浴するようになってからはカラスの行水となった。

そうなったのは、みるくが入浴している間という、一人きりになれる限られた時間を、陣が自身を落ち着かせるための大事な時間として使うため。すなわち、欲望を吐き出し、みるくのよき兄へと戻るための、自慰の時間として使うためであった。


「……はぁ」

一人残された浴室で、みるくは溜息を吐いていた。今日もまた、兄に子供扱いされてしまった。みるくはしょぼんと俯いている。

「オトナの女の人、かあ。おにいちゃんの目から見たら、わたしはまだまだ子供なんだろうなぁ。あそこの毛も生えないし。……んも〜っ。毎日ミルク飲んでるのに、どうしておっぱいしか大きくならないのっ」

みるくは自らの豊かな乳房をつかみ、なかにつまった栄養分が少しでも全身に流れ出るようにと、グニグニと揉み潰し始めた。

みるくは昔から、陣が大好きであった。それはお隣の頼れるおにいちゃんとしてであり、そして憧れの男性像でもあった。いつから好きになったのかもよく覚えていない。ただ、優しく笑いかけてくれたその顔が幼い胸に焼きつき、その想いは物心ついた頃、やがて恋心へと昇華していった。

母が陣の父と再婚するという話を聞いた時、みるくは素直に喜んだ。これで家にいる間はずっと陣の側にいられるのである。

お隣に住んでいた時から、陣には妹として接せられていた。本当の兄妹になってしまうと恋人にはなれないのでは、という懸念もなくはなかったが、どのみち今のままでもその願いは成就しそうもなく。ならば共に暮らし、本当の妹としてギリギリまで身近に接したい。そう考えたのだ。

陣と共に暮らし始めてから、みるくは妹という立場を最大限に活用し、陣に思いきり甘えてみた。手を握り、腕を組み、ギュッと抱きついてみた。陣はそんなみるくを、いつでも優しく受け止めてくれる。みるくは陣の妹になれたことが、幸せでたまらなかった。

「ううん。諦めちゃダメ。絶対におにいちゃん好みのオトナの女の人になるんだもん」

みるくは自分にそう言い聞かせると、不満をぶつけて無理に押し潰していた乳房からいったん手を離し、今度は優しく包みこむように手を添えるとムニュッムニュッと揉みしだき始めた。これは友人の真里から教わった、女性ホルモンを活性化させるというバストマッサージである。

みるくは陣と兄妹という関係になったが、それでも自分が陣にとって真に魅力的な女性となれれば、いつかその間柄を超えられるはずと思いこんでいた。昔からそういった禁断の恋を描いた少女漫画を好んで読んでいた影響もあるかもしれない。

もちろんそのなかには悲恋のまま終わったものも数多くあったが、みるくはそれらの作品は最終巻を捨てて結末を忘れることにしていた。ある意味でみるくは楽天的であった。

「んっんっ……んっ、ふぁ……。はふ、アン……」

乳房を撫でまわすたびに、甘い刺激が乳房から全身へ流れ出してゆく。ほんのりと上気する肌。乳輪がぷくぷくと膨らみ始め、可愛らしい小さな乳首が硬く屹立してゆく。

「ふわわ……ハァ、アァン……。も、もういいよね。マッサージ終わりっ」

このまま揉みつづけているとなんだか変になってしまいそうな気がしたので、みるくはマッサージを打ち切った。知らずもじつかせていた太股の間では、閉じ合わされた秘唇がクチュリとほんのり潤っていた。

みるくは全身にお湯をかけてからバスタブに浸かり、ぬるくなった湯に全身を投げ出し、ぼんやりと天井を見上げた。その温かさが兄に抱きしめられているかのようで心地よい。

「ふぅ……。おにいちゃん……」

みるくはそのままうとうとし始め、兄の浸かった湯に自らも浸かりながら、しばしぼんやりとまどろみを楽しんだのだった。


「みるく……」

陣は呟くと、ベッドに体を投げ出しぼんやりと天井を見上げた。つい先ほど自慰で精液を放出したばかりで、全身に満足感と共に気だるさが漂っている。面倒臭いのでAVは再生したまま、ヘッドホンもつけっぱなしであった。

みるくに女性を意識し始めたのはいつ頃だろうか。あどけなかったみるくの胸が膨らみ始めた頃かもしれない。ちょうどその頃だろうか。いつもみるくと一緒に遊んでいた陣が、友人たちによくからかわれるようになったのは。

それがいやで、陣は次第にみるくと距離を置き始めた。それでもそばに寄ってくるみるくを、いつしか陣は邪険に扱いだした。

そんな状況がしばらくつづいたある日。みるくの母に父子揃って食事にお呼ばれした。食事の後、子供同士で遊んでいなさいと言われ、みるくの部屋に向かった陣は、一所懸命に話を振ってくるみるくに気のないそぶりをしていた。

そしてついに、みるくの感情が爆発した。

『おにいちゃん、みるくのこと、キライになっちゃったの？　ふえぇ……みるく、いい子になるから……おにいちゃん、キライにならないでぇ……うえぇぇん……』

みるくの幼い心は寂しさと悲しさに押し潰され、とうとう悲鳴を上げた。それでもみるくは陣を責めることはせず、己の非を責め、陣に泣きながら懇願したのだ。

大好きな少女の泣き顔を見た瞬間、陣のちっぽけなプライドは吹き飛んだ。胸を締めつける罪悪感に心がバラバラになりそうで、陣は思わずみるくをギュッと抱きしめた。

『ごめん。ごめんね、みるく。ならないよ。キライになんか、ならないから』

『ヒック、ヒック……おにいちゃぁん……ふえぇぇん……』

しゃくり上げるみるくを、陣はギュウッと抱きしめつづけた。そしてその時、誓ったのだ。二度とみるくを泣かせはしないと。

翌日から陣は、どれだけ友人たちに冷やかされようと、みるくを拒むことはなくなった。やがてそれが当たり前となった頃には、友人たちも陣を突つくのに飽きてしまったようで、冷やかされることもなくなったのだった。

それから、二人はずっと仲のよい兄妹のように過ごしてきた。陣は、みるくに対して抱いている感情に、恋心が混じっていることにいつしか自分でも気づき始めていた。しかし陣は、兄妹を超えた関係に足を踏み出すことをためらった。

もう二度とみるくを泣かせない。あの日の誓いが、今の関係を壊すことをためらわせたのだ。

二人はその後も兄妹に近い間柄をつづけ、そしてこの春、本当の兄妹となった。陣はみるくの求めるがままにそのスキンシップを受け入れたが、しかし本当の兄妹となったことにより、それはさらに密接なものとなっていった。

この状態がつづけば、いつか自分の理性も限界を超え、抑えられなくなってしまうかもしれない。そんな恐れを抱きながらも、みるくの悲しむ顔を見たくなくて、陣はみるくのスキンシップを拒むことができずにいたのだった。

『……出してぇ。私の口マ×コに、ザーメンたくさん吐き出してぇ～……』

ぼんやりしていた陣の耳にふと、嬌声が響く。顔を上げると、画面のなかではロリータフェイスの女優が、男の前にひざまずき大きく口を開けていた。

『私、こってりネバネバの濃いザーメンミルクが大好きなのぉ。このいやらしい口マ×コを、貴方の白いドロドロでいっぱいにしてぇ。私を貴方専用の性処理ミルク呑み人形に仕立てあげてぇ～』

目の前に突きつけられた肉棒に瞳を潤ませ、女優は興奮した面持ちで、口を開け舌を垂らして精液を待ちわびていた。

いつの頃からか、陣はフェラチオに関して強い関心を抱くようになっていた。いつもキャンディーをしゃぶっているみるくに影響された部分もあるのかもしれない。

自然、視聴するAVもそれを重視した作品が多くなる。このAVは、ロリータフェイスの女優がはしたなくも肉棒にむしゃぶりつく姿の淫靡さがウリの、陣のお気に入りの一本であった。決してみるくを彷彿《ほうふつ》とさせるからではない、と自分ではそう思っている。

ビデオはこれからクライマックスを迎えるところだった。何本もの肉棒を次々に咥えて精液を呑み干してゆく、陣のお気に入りのシーンだ。今日は早々に果てた後ぼんやりしていたため、いつの間にかこのシーンまで場面は進んでいたらしい。

ぼんやりとみるくのことを考えつづけている間に淫声を耳から注がれつづけていたこともあり、陣の肉棒はいつの間にか、再びガチガチに反り返っていた。陣は半身を起こし、再び肉棒を握る。

『んむ……ジュパッ……チ×ポォ……チ×ポおいひいのぉ～っ……』

男に頭をつかまれ肉棒を口のなかいっぱいにねじこまれて、それでも女優は嬉しそうに肉棒をジュパジュパと頬張っていた。画面を凝視し一心不乱に肉棒をしごく陣。するといつしか脳裏に、思い描いてはいけない禁断の映像が流れ始める。

『おにいちゃぁん。みるくのおくちに、おにいちゃんのオチ×ポ入れてぇ。みるくにおにいちゃんのミルクを呑ませてほしいのぉ』

「くあっ。うぅっ……」

陣は慌てて頭を振るが、しかしその映像は途切れるどころか、目の前の画面とシンクロし始める。頭のなかでみるくは、そのぷりっとした唇を自ら割り開き、小さな口で肉棒を呑みこんでゆく。そしてうっとりした顔で、肉棒をチュパチュパとむしゃぶり始める。

『おにいひゃんのオチ×ポ、おいひいよぉ。みるく、おにいひゃんもおにいひゃんのオチ×ポミルクもだいしゅきなのぉ～』

何度払っても浮かび上がってくる淫らな映像。陣は振り払うのを諦め、精液と共に不埒な妄想を早く放出してしまうことにした。テレビのボリュームを上げ、画面に近づき、一心不乱に肉棒を扱きつづける陣。

「くあ……出す……出すぞっ……」

小さく呻きながら、陣は欲望を駆り立てる。そしてそれが頂点に達しようとしたその時。陣はあまりに集中しすぎて、部屋の外の気配にまったく気づけずにいた。

「おにいちゃ～ん。お風呂上がったよ～。一緒にアイス食べようよ～」

「えっ⁉　み、みる、くあっ、うあぁぁっ！」

突然扉の外から聞こえたみるくの声に、陣は驚きそして反射的に肉棒を握りしめてしまう。そして陣は最愛の妹の愛らしい声を聞きながら、放出を迎えてしまった。

「わわっ。おにいちゃん、どうしたの？」

兄の切羽つまった呻きに驚いたみるくが、扉の外から心配して尋ねてくる。

「な、なんでもない。なんでもないから……くぅ……」

慌てて用意したティッシュで亀頭を押さえるも、欲望が高まりすぎていた肉棒は射精量も大量であった。ティッシュから染み出してくる精液を、なんとか手で受け止める。

「おにいちゃん、なにか忙しいの？　それじゃ、リビングじゃなくて、お部屋で食べる？」

「あ、ああ。そうしようかな」

「わかった～。それじゃ、持ってきてあげるね」

みるくはそう言うと廊下をトテトテと駆けていった。陣は大きく息を吐くと、DVDの再生を止めて飛び散った残滓の処理を始める。

「……なにやってんだ、俺」

陣はがっくりと肩を落とし、テレビや床に付着した精液をティッシュで拭い取っていった。

なんとか処理を終え、シャツとパンツを穿いた頃、部屋の扉がコンコンとノックされた。

「おに～いちゃん。入っていい？」

「あ、ああ。いいぞ」

ざっと室内を見まわし最終確認をしてから、陣はみるくに許可を出す。みるくは扉を開くとチョコンと顔を出し、えへへと笑顔を見せる。その手には棒状のアイスキャンディーが二本、握られていた。

「はい。おにいちゃんの分のアイス、持ってきてあげたよ。それでね。おにいちゃんがお部屋で食べるなら、わたしも一緒にここで食べていい？」

「お、おう。いいよ。ここに座れよ」

「やったぁ。は～いっ」

陣がベッドをポンポンと叩くと、みるくはトテテと近づいてきて、ポフッとベッドに腰を下ろした。

「はい。おにいちゃんのアイス。今日は奮発して、牧場のミルクを使ったバニラなんだよ。この間、ゆうちゃんがおいしいって教えてくれたの。ミルクがとっても濃いんだって」

「そ、そうなのか。それは美味そうだな」

なにげなくみるくが口にする言葉に異なるニュアンスを意識しながら、陣はアイスキャンディーを受け取ろうとする。しかしそこで、拭き取ったとはいえ自らの手が残滓に汚れていることを思い出す。

「あ、悪い。俺、手を洗ってくるからさ。ちょっと待っててくれないか」

「は〜い」

陣はそう言うと立ち上がり、手を洗い、ついでに頭を冷やすべく顔を洗うために、部屋を出て洗面所へと向かった。

「おにいちゃん、洗面所に行くなら、わたしもリビングで待ってた方がよかったかな。でもいいや。おにいちゃんのお部屋に入れたし」

みるくはそう呟くと、足をぶらぶらさせながら陣の部屋をグルリと見まわした。みるくは陣にべったりであったが、それでも陣の許可がなければ勝手に陣の部屋へ入るようなことはない。こうして陣の部屋に入るのは、一緒に暮らし始めてからもまだ数度目だろう。

「もし雷が鳴って眠れない時は、おにいちゃんの部屋で一緒に寝させてもらおうかな〜。なんちゃって。……あれ。おにいちゃんの部屋、なんだか不思議な匂いがする。

なんだろう、いい匂いってわけじゃないけど、でも……お鼻にツンッてくる、不思議な匂い……」

みるくは瞳を閉じ、初めて嗅ぐ不思議な匂いに小鼻をヒクヒクと震わせる。まさかそれが兄の撒き散らした精液の匂いだなどとは思いも寄らぬみるくは、その未知の匂いにかすかに胸の奥を揺り動かされていた。

「おまたせ」

やがて、部屋に陣が戻ってくる。二人は並んでベッドに腰かけ、舌でペロペロとアイスキャンディーを舐めてゆく。

「うわぁ～。ゆうちゃんが言ってた通り、すごく濃厚だね、このミルク。舌がとろけちゃいそう」

ほっぺたを押さえて無邪気に微笑むみるくを見ながら、陣は邪《よこしま》な気持ちを頭を振ってなんとか振り払い、兄として慈愛に満ちた視線を向けるのであった。

ぺろぺろ1 お兄ちゃんのを飲ませて！

翌日。みるくは今日もチアリーディング部の部活動に出席していたが、陣は友人と遊ぶ約束があるとのことで、今日は見学に来なかった。

練習後、みるくがのそのそとユニフォームを着替えていると、背後から優が抱きついてきた。

「なによ～。みるく、お兄さんが見学に来なかったのがそんなに寂しいの？」

「そ、そんなことないもん」

優に冷やかされながらも、みるくはユニフォームを脱いでゆく。シャツを脱ぐと、薄いピンク色のブラジャーに包まれたみるくの柔らかそうな豊乳がたゆんと揺れた。

「なによこのおっぱいは。子供みたいな顔してるくせに、許せない。こうしてやる～っ」

「ちょっ、ゆうちゃん。そんなに揉んじゃ、やぁんっ」

優にやっかみ混じりに背後から乳房を揉みたてられ、みるくが甘い悲鳴を上げる。

優は身長はみるくより遥かに高く足もスラッと長かったが、スレンダーな体型で、胸も悲しいほどに平らであった。

「なにやってんのよ、あんたたちは」

早々にユニフォームを脱ぎ制服に着替え終わった真里が、呆れたように呟く。

「だって真里。みるくったらこんなロリロリなくせに、立派なおっぱいして。許せないと思わない？」

「別に～。私は胸で困ってないから」

「なにをーっ」

真里は腰に手を当て、ウェーブのかかった長い髪を手でかき上げる。確かに真里はスタイルがよく、乳房もそのスタイルにマッチした充分に立派なモノを有していた。

「でも私も、みるくには許せないことがあるのよね」

「ええっ。まりちゃん、わたし、なにか悪いことした？」

真里にそう言われ、みるくが不安そうな顔をする。

「みるくはなにも悪くないわ。悪いのは……このツルツルの腋よっ」

真里はニヤリと笑うと、みるくの腋の下に手を伸ばしコショコショとくすぐった。

「ひゃぁんっ。まりちゃん、くすぐったいよぉっ」

「まったく。私がどれだけムダ毛処理で苦労してると思ってるのよ。こんな赤ちゃんみたいなツルツルの肌、羨ましいったらないわ」

「そんなぁ。アハッ、アハハッ。わたしはまりちゃんみたいに、スタイルよくてちゃんと毛も生えてるオトナの体の方がいいのに〜。キャハハッ、もう、たすけて〜っ」

みるくはくすぐられて身をよじり、目に涙を浮かべて訴える。たっぷりみるくを揉みくちゃにして溜飲が下がったのか、優と真里はようやくみるくの体から手を離した。みるくはくすぐりの余韻にヒクヒクと体を痙攣《けいれん》させながら、その場にペタンとへたりこんでしまう。

「悩みは人それぞれねえ。私はみるくには毛なんか生えてない方が似合うと思うんだけどな」

「あ。毛っていえば、こんな噂知ってる？」

優はロッカーからカバンを取り出すと、なかをごそごそと漁り一冊のティーン雑誌を取り出した。優が開いたページを、みるくと真里が覗きこむ。

「なになに？『彼の愛されザーメンで、貴女もステキなヘアを手に入れよう』……ええーっ⁉ 本当なの、これ？」

雑誌の記事に目を通し、みるくは目を丸くした。その記事には、彼氏の精液を呑めばホルモンが活発化し腋や股間に美しい毛が生えてくる、という突拍子もない内容が書かれていた。

「本当なわけないでしょ。よくこんな適当な記事載せるよね。私、もうこの雑誌買うのやめよっかな」

呆れたように呟く優。このページを見せたのは、内容を信じたからというより、そのくだらなさを友人と共に笑おうと思ったからのようだ。しかし、優の思惑とは違い、真里が難しい顔で顎に手を当てて何事か考え始める。

「……いや。あながち嘘でもないかもよ、この記事。私も彼氏と付き合いだしてから毛が濃くなってきた気もするし」

「げっ。真里、アンタ、彼の、……アレ、呑んでるの?」

「フフ。付き合ってれば色々あるのよ。色々ね」

気色悪そうな顔を見せる優に、真里はわざとミステリアスに答えた。真里としては冗談で言ってみたのだが、そんな真里を憧れの表情で見つめる少女がいた。みるくである。

「ふえぇ〜。男の人の、せ、精液をのめば、わたしもまりちゃんみたいに、かっこいい毛の生えたオトナっぽい女の子になれるんだ……」

キラキラとした羨望の眼差しで真里を見つめているみるくに、優が額を押さえる。

「ちょっと真里。アンタが変なこと言うから、みるくが信じちゃったじゃないのよ」

「あら。私は事実を言っただけよ。最近毛が濃くなってきたのは本当のことだし」

真里は悪びれずに言う。

「バカ。みるくが信じて本当にやろうとしたら、どうすんのよ」

「本当にって、相手がいないじゃない。彼もいないのに、精液なんかどうやって呑むわけ？」

「身近に男がいたら、そんなのいくらでも手に入るわよ。あいつの部屋のゴミ箱なんか、ひどいんだから」

優が唇を尖らせる。

「ああ。優の幼なじみくんか。そんなに彼のゴミ箱のなか、オナティッシュだらけなんだ。優がちゃんと処理してあげないから」

「バ、バカッ。あんなの、彼氏でもなんでもないのに、どうして私がそんなことしなきゃなんないのよっ」

「素直じゃないわねえ」

「う、うるさいっ」

キャイキャイと騒ぐ二人。みるくは二人の会話に衝撃を受け、驚きの表情のまま固まっていた。

（え、えええと……。男の人の、部屋のゴミ箱には、精液のついたティッシュがたくさん入ってるんだ。それで、その精液を舐めれば、わたしにも……）

固まったままでいるみるくに気づいた優が、ハッとしてみるくの肩を揺する。

「ちょっと、みるく。変なこと考えちゃダメだよ。こんな噂、デマに決まってるんだから」

「う、うん……」

「そうよ。それに前の日に出した精液なんて舐めたらおなか壊すわよ。どうせ呑むなら、みるくの大好きなお兄さんに新鮮なのを出してもらって……」

「バカッ。なに言ってんのよアンタはっ」

みるくを挟んで、再びキャイキャイと騒ぎ始める二人。その時。

「あなたたちっ。いつまでもはしたない話をつづけていないで、さっさと着替えてしまいなさいっ」

『は、はいぃっ！』

先輩に一喝され、三人の返事が重なる。

「……んもう。真里が変なことばっかり言うから」

「……そもそも優が雑誌の変な記事を見せるのが悪いんでしょう」

ヒソヒソと会話をつづける二人をよそに、みるくは呆然としながら、着替えを再開する。

（噂、本当、なのかな……？　これまでは、たくさんミルク飲んでも、おっぱいをマッサージしても、全然生えてこなかったけど……。でも、もし本当なら、わたしもおにいちゃん好みのオトナの女の人に……）

いつしかみるくの心は、この突拍子もない噂にすっかり取りつかれてしまったのだった。


「ただいま～」

玄関には鍵がかかっており、兄の靴もなかった。やはりまだ、兄は帰宅していないようだ。

「お、おにいちゃん、まだ帰ってないんだ……」

みるくはぽそっと呟くと、靴を脱ぎ、陣の部屋と同じく二階にある自室へと向かう。

自室の絨毯《じゅうたん》の上に学生カバンを下ろすと、みるくはふうっと息を吐いた。しかし、鼓動はトクトクと早鐘を打ったまま落ち着く様子はない。

「ど、どうしよう……」

いつも兄にべったりなみるくだからこそ、逆に家で一人きりという時間はこれまであまりなかった。それなのに、あんな噂を聞いた直後に、その機会が訪れるとは。

みるくはキッチンにある冷蔵庫から棒状のミルクキャンディーを取ってくると、自室に戻り、ベッドに腰かけつつチュパチュパとしゃぶった。仄かな甘さが口いっぱいに広がってゆき、心が少しずつ安らいでゆく。みるくは口が寂しくなると、よくミルクキャンディーを舐める。甘味を欲している時だけでなく、このように気持ちを落ち着かせる時や、考えをまとめたい時にも、非常に役立っていた。

しばしベッドに腰かけて、チロチロとキャンディーを舐めつつ思案していたみるく。やがてキャンディーが溶けて口のなかに消えた頃、みるくは意を決してベッドから立ち上がる。

「た、たまにはおにいちゃんのお部屋、お掃除してあげたいな……なんて……」

みるくは部屋に置いてあるハンディモップを手に取ると、自分にそう言い訳しつつ、兄の部屋へと向かった。

コンコン。

「おにいちゃん。帰ってる？　……帰ってない、よね」

当然、ノックに返事はない。

「あ、あのね。わたし、おにいちゃんのお部屋、お掃除したいなと思って。だ、だから……ちょっとだけ、入らせてね」

兄の不在時に無断で部屋に入室する。その罪悪感が、みるくの心臓をさらに激しくかき鳴らす。みるくはそっと扉を開くと、なかをキョロキョロと見まわす。やはり、室内には誰もいない。

みるくはトテテと早足に室内に入り扉を閉めると、ポフッと兄のベッドに腰を下ろした。そして、俯いたままもじもじと腿をすり合わせる。昨日嗅いだ不思議な匂いはほとんど感じられない。みるくは座ったままハンディモップを持った手を伸ばし、ベッドの縁などを申し訳程度に撫で始めた。

しばしそうして座ったまま手を動かしていたみるくだが、やがて意を決して顔を上げる。周囲をキョロキョロと見まわしてみると、お目当てのゴミ箱はベッドの脇に置かれていた。

みるくはベッドから降りると、ゴミ箱の前にペタンと腰を下ろす。そして蓋を開け、そっとなかを覗きこんでみる。ゴミ箱は、クシャクシャに丸まったティッシュでいっぱいであった。

「これってやっぱり……そ、そうなのかな……」

みるくはゴミ箱の上で、無意識に小鼻をヒクッと震わせた。すると、生臭く濃厚な刺激臭がムワンと立ち昇る。鼻腔がジクッと疼き、みるくは慌てて両手で鼻と口を押さえた。

「こ、これ……昨日の匂いだ……」

みるくは呟くと、匂いの発生源と思われる一番上のティッシュの塊を摘む。そしてそっと鼻に近づけ、スンスンと匂いを嗅いでみた。その瞬間、密閉空間で熟成された濃密すぎる精臭が、ムワッとみるくの鼻腔を襲う。

「ふひぃんっ。……す、すごいにおひぃ。こ、これがおにいちゃんの……せ、精液の……匂い……なの……？」

おそるおそるティッシュを開くと、白濁した粘液は凝固しきらずにドロリとティッシュにへばりついていた。それが鼻をかんだ後のものでないということは、なんとなくみるくにも理解できた。

「こ、これを舐めれば……アソコに毛が生えて、オトナっぽくなって。おにいちゃんに、妹じゃなく、一人の魅力的な女の子として見てもらえるんだ……」

みるくはそう自分に言い聞かせると、ギュッと両目をつぶり、舌をテロンと伸ばしてティッシュに近づけてゆく。ゆっくりゆっくり近づいていった舌が、やがて汚液に触れようとした、その瞬間。

「……ふえぇ。やっぱりムリだよぅ」

みるくは情けない声を上げ、がっくりと肩を落とした。手からこぼれおちたティッシュがゴミ箱の一番上にポトッと落ちる。いくら大好きな兄のためとはいえ、異臭を放つ謎の汚液を舐めるには、みるくにはいささか勇気が足りなかった。

第一、それが精液なのかどうかもはっきりしないのだ。白くてドロドロした液体だという知識はかろうじてあったものの、みるくは現物を見たことなどもちろんないのだから。

「はうぅ。ど、どうしよう……」

ここまでは勢いに乗って行動したものの、いざためらってしまうと、どうしていいかすっかりわからなくなってしまった。途方に暮れて、みるくはしばしショボンと俯いていた。

その時ふと、ベッドの下に一冊の雑誌が落ちているのに気づいた。なにげなく手を伸ばし、みるくは雑誌を拾い上げる。そしてその表紙を目の当たりにし、みるくは目を丸くした。

「こ、これって……エ、エッチな本……」

みるくが手にした本の表紙には、女性の目から下が写っていた。真っ赤なルージュを引いた肉厚のセクシーな唇が艶かしく開かれ、赤い舌が物欲しそうにテロリと垂れている、淫靡《いんび》な写真。その本は、アダルト雑誌のフェラチオ特集号であった。

みるくはゴクリと口内の唾液を飲みこむと、おずおずとページをめくる。そこには、匂い立つような妖艶な色香を放つ美女たちが男の前にかしずき、肉棒に唇と舌で奉仕する卑猥な写真が、何ページにもわたって載っていた。

「ふあぁぁ……エ、エッチすぎるよぅ……。おにいちゃん、やっぱりセクシーな女の人が好きなんだ。こんなふうにいやらしいこと、たくさんしてもらいたいんだ……」

体の芯がカァッと熱くなり、ゾクゾクと全身に震えが走る。それでもみるくは手を止められず、一枚一枚ページをめくっては、淫らな美女たちに圧倒されていた。

実はこのアダルト雑誌は、陣が自分で購入したものではなく、友人からの貰い物であった。陣はみるくに対してだけでなく、友人たちに対しても普段からセクシー美女好きだとうそぶいていた。それはみるくへの気持ちのカモフラージュであったが、その副産物として、陣の元にセクシー系のエロ本が集まってくるようになったのだった。

もっとも陣自身はこの雑誌を特に愛用していたわけではなく、何冊か持っているうちの一冊でしかなかった。それがたまたまベッドの下に落ちたのを気づかずそのままにしていたのだが、まさかそれがみるくの目に留まり、陣の嘘の信憑性を高める結果になるとは思いもしなかったであろう。

「オチン×ン、舐めてる……いやらしく、レロ、レロォって……レロ……んあぁ……レロオォ～……」

気がつけばみるくは、美女たちの痴態を手本に、虚空に思い描いた兄の肉棒にレロレロと舌を這わせていた。入浴中にこっそり盗み見た兄の大きな肉棒を思い返しながら、頭を動かしつつ虚空をなぞるように舌をツツツと這わせてゆく。心臓は弾けそうなほどに早鐘を打ち、体は熱くてたまらない。口内には唾液がトロトロと溢れ、虚空をさまよう舌はジンジンと痺れていた。

さらにページをめくると、なんともフェティッシュなシーンが出てきた。美女が男の肉棒を白いハンカチで包み、半開きになった唇から垂らした舌をレロレロとくねらせ挑発しながら手コキをしている。

そして肉棒を射精に導くと、たっぷりと精液の染みこんだハンカチを口に咥え、ジュパジュパと美味そうにしゃぶりたてていた。

「ふわわ……お、おしゃぶりしてる……。エッチな精液のたくさん染みこんだハンカチを、おいしそうにおしゃぶりしてるぅ……」

あまりに卑猥で衝撃的なシーンに、みるくは頭がクラクラしてきた。そしていつの間にか、このセクシーで卑猥な姿こそが兄の求めるものであり、これができなければ兄に女として見てもらえないのではないか、と動転した頭で思いこんでしまっていた。

みるくは再びゴクンと唾を飲みこむと、もう一度ゴミ箱からティッシュを摘む。そして粘液の染みこんだティッシュに、おずおずと震える舌を伸ばしていく。

「わ、わたし……舐めちゃう……。セクシーなお姉さんたちみたいに、ティッシュに染みこんだおにいちゃんの精液を、舐めちゃうのぉ……」

みるくの愛らしい唇がゆっくりと開かれ、おずおずと赤い舌が突き出される。舌先がヒクヒクと恥ずかしげに震えながら、汚液の染みこんだティッシュへとソロソロと伸ばされてゆく。

心臓はドキンドキンとうるさいくらいに鼓動し、耳はキーンと耳鳴りが響いている。周囲の音などなにも聞こえないほどに、みるくの意識は舌先のみに集約される。

「ハァ、ハアァ……おにい、ちゃぁん……えろぉ……」

やがて、伸ばされた舌がティッシュに触れようとした、その瞬間。

「み、みるく?　……なに、やってんだ……?」

ガチャリという音と共に開かれたドアから顔を覗かせた兄が、目を丸くして呆然とみるくを見つめていた。

「……あ……う……いやあぁぁぁ〜〜〜んっ!?」

みるくは甲高《かんだか》い悲鳴を上げ、兄の視線から一刻も早く隠れようと、兄のベッドに飛び乗り頭から掛け布団を引っかぶったのだった。

「みるく。俺は気にしてないからさ。出てこいよ」

「……はうぅ〜……」

顔を隠すように四つん這いでうずくまったみるくの背中を、陣はベッドの縁に腰かけたまま、ポンポンと優しく叩いてやる。だが、みるくは情けない声で小さく呻くだけで、その体勢のまま動こうとせず、返事もない。

陣は苦笑すると、ただ優しくみるくの背中をさすりつづけてやった。本当は、一人にしてやった方がよいのかもしれない。しかし、陣はその場を離れることができなかった。

なぜなら、天の岩戸に隠れてしまった最愛の妹は、顔を隠すのに必死で尻を隠すのを完全に忘れてしまっているのだ。陣の眼前には、制服のスカートが捲れ上がり薄いピンク色のパンティーが丸出しになった、みるくの愛らしいヒップが丸見えになっていた。

(みるくのお尻、柔らかそうだな……いやいや、なにを考えてるんだ俺は)

陣は何度も頭を振るものの、次の瞬間にはみるくのヒップに視線が釘づけになってしまう。みるくは完全に自らの視界を遮っているので、見咎められることはない。入浴中とは違い、今ならじっくり観賞できる。いけないと思いつつも、陣はたっぷりとみるくの生尻を観賞してしまう。気づけば陣の股間は制服のズボンの下でガチガチにいきり立っていた。

「みるく。勝手に部屋に入ってたことなんか、別に俺は気にしてないし。相談があるなら、お兄ちゃんがなんでも聞いてやるから。だから、な。出てきなよ」

（みるく、本当に早く出てきてくれ。じゃないとお兄ちゃん、おかしくなっちゃいそうだ）

陣は今すぐ桃尻にむしゃぶりつきたい衝動を必死で抑えこみつつ、みるくの背中を優しく撫でつづけた。

どれくらいそうしていただろうか。やがて、みるくはのそのそと布団のなかから抜け出ると、陣の隣にチョコンと腰を下ろした。その間、みるくはまったく陣の顔を見ることはせず、隣に座ってからも俯いたままでけっしてこちらを見ようとはしない。みるくの顔は耳まで完熟リンゴのように真っ赤に染まっていた。

陣は右手を伸ばすとみるくの肩に置き、グイと引いて自分の体にもたれかけさせる。そして手のひらをみるくの頭の上に乗せ、優しく頭を撫でてやった。

「おにいちゃん……」

変態呼ばわりされて嫌われてしまうかもしれない。そんなみるくの怯《おび》えて縮こまった心を、兄の手は優しく解きほぐしてゆく。みるくは陣の胸板に頭を預け、しばしそのままで心が落ち着くのをじっと待ちつづけた。

「……おにいちゃん。勝手にお部屋に入って、ごめんなさい」

「ああ。さっきも言ったろ。それは気にしてないって。それより……なにをしようとしてたんだ？」

兄の質問に、再びみるくが口をつぐむ。しかし陣はみるくをせかすことはせず、ただ黙って、みるくの頭を撫でつづけた。

「……あのね」

やがて、もう一度みるくが口を開く。

「ゆうちゃんが今日、雑誌を見せてくれて……その雑誌に、その……せ……精液を呑むと、ワキや……ア、アソコに、毛が生えてくるって書いてあったの」

「な……？」

陣は思わず絶句した。みるくの行動にではなく、その雑誌記事の内容にである。最近は少女向けのティーン雑誌も過激になっているという噂は聞いてはいたが、まさかここまでだったとは。

「それで、その……わ、わたし、早くオトナっぽくなりたくて。それで、毛が生えてくれば、きっとオトナっぽくなれるって思って……。で、でも、どうすれば呑めるのかわからなくて。そしたらゆうちゃんが、おにいちゃんのゴミ箱のなかにならティッシュについた精液があるはずって教えてくれて、それで……」

（俺のみるくになんてことを教えてるんだ、あの子は……）

優と直接話したことはないが、爽やかで猥談とは無縁の少女に思えていただけに、陣は軽いショックを受けていた。しかし友人を非難されればみるくもいい気分はしないだろう。陣は喉まで出かかった言葉を呑みこんで、みるくにかけてやる言葉を探す。

「……理由はわかったよ。でも、ゴミ箱に入れた物を舐めるなんてしちゃダメだ。お腹を壊したら大変だろう」

「はい。ごめんなさい……」

みるくがシュンとする。素直なみるくの頭を、陣はもう一度撫でてやった。

「それにしても、こんなことまでしてオトナっぽくなろうだなんてなぁ。みるくはどうして、そんなにオトナっぽくなりたいんだ?」

「えっ……そ、それは、あの……その……」

「みるくはそのままでもかわいいんだから、無理にオトナになろうなんてしなくてもいいと思うけどな」

「……そのままじゃ、ダメなんだもんっ」

陣の本心でもあったみるくへの慰めの言葉は、しかしみるく自身に強く否定されてしまった。陣は驚いて目を丸くする。

「わたし、オトナっぽくなりたいの。ならなきゃダメなのっ。……じゃなきゃ……振り向いて、もらえないもん……」

珍しく強く感情を吐露したみるくは、そのままうなだれてしまう。

「振り向いてもらえないって……。みるく。お前、好きな人が……いる、のか?」

陣がおそるおそる尋ねると、みるくは俯いたまま顔をさらに真っ赤にして、コクンと頷いた。

（な……なんだってーーーっ⁉）

陣は思わず叫びだしたくなるほどの大きなショックを受けていた。頭のなかがグワングワンと揺れている。そのまま倒れこんでしまいそうだったが、なんとか意識を保ち体を支え、みるくの想い人の正体を探る。

「そ、それって……だ、誰だ？　どんなヤツなんだ⁉」

激しい動揺に陣がどもりながら尋ねると、みるくはチラチラと陣の顔を盗み見つつ、おずおずと話し始める。

「そ、その……その人は、いつもわたしのそばにいてくれて。とっても優しくて、頼りがいがあって。子供の頃から、ずっとその人が大好きだったの……」

（あ……。告白、しちゃった。わたし、おにいちゃんに、告白しちゃったんだ……）

ずっと胸に秘めていた想いを打ち明け、みるくの胸は羞恥心と、そして不思議な達成感に満ちていた。みるくのことはなんでもお見通しの聡明な兄ならば、この言葉でみるくの想いは確実に伝わってしまっただろう。そう確信したのだ。だが。

（だ、誰だ？　みるくのそばに、子供の頃からいる男……？　小学校からのクラスメイトとかか？　くうぅ、全然思いつかないぞ。チクショウッ！　誰なんだそいつは！）

陣にはみるくの本心はまったく伝わっていなかった。みるくが思っていたより遥かに、陣は自身の恋愛事には疎《うと》かったのだ。それに加え、春から本当の兄妹となったと同時にみるくが陣に兄としてとても懐いてきたこともあり、陣はみるくが欲していたのは兄としての自分だと思いこんでしまっていた。それゆえ、みるくが自分を男として意識しているなどとは思いもしなかったのだった。

大きなショックに陣の魂は半ば抜けかけていた。しかしみるくは自分が告白したという事実に手一杯で兄の様子に気づけない。みるくは顔を上げると、潤んだ瞳で陣を見つめ、その胸にすがりついた。

「おにいちゃん……わたし、がんばってオトナっぽくなるから。だから、おにいちゃんの……せ、精液……みるくに、呑ませてくださいっ。みるくがオトナの女の人になれるように、協力してほしいのっ」

（ふえぇっ。わ、わたし今、すごいことおねがいしちゃってるよぅ）

思わず口にしてしまった言葉に、みるくは耳まで真っ赤になる。しかしそれでも、みるくは言わずにはいられなかった。

（でもでもっ。わたし、決めたんだもん。今はまだ子供っぽいかもしれないけど、おにいちゃんの精液をたくさん呑んで、おにいちゃん好みのオトナの女になるって。は、恥ずかしいけど、でもそうしたら、おにいちゃんもわたしを妹じゃなく一人の女の子

として見てくれて……いつか、恋人になってくれるかもしれないから）

みるくの淫靡でありながらも熱い訴え。それは、愛する人の色に染められ、理想の姿に近づきたいという、少女の切ない願い。

しかしみるくの真意に気づけずにいる陣には、その言葉はあまりにも残酷な刃物だった。

（みるく……。そんなにまで、そいつのことが好きなのか。エッチの知識なんかほとんどなさそうなお前が、お兄ちゃんの精液を呑んでまで、そいつの好みに近づきたいっていうのか……）

みるくにここまで言わせる見知らぬ男に対し、陣の心の奥に、羨ましさと共に嫉妬心が広がってゆく。やがてその負の感情は、陣の胸の奥底に潜む黒い物を刺激し、肥大化させてゆく。

（もし、ここで俺が断ったらどうなる？　みるくは思いこんだら真っ直ぐなところがあるからな。思いつめて、その好きだっていうヤツに『貴方の精液で貴方好みの女にしてください』なんてねだるかもしれない。それでうまくいけばいいけど、そいつが悪い男だったら、みるくは散々弄ばれて捨てられてしまうかもしれないぞ）

みるくはなんでも信じすぎるきらいがある。この突拍子もない噂も、自身で試してみるまでは嘘だと断定できず、胸の奥でくすぶりつづけるだろう。そして、いつかその好奇心が抑えきれなくなり、それが陣以外の男に向けられるとしたら。そしてその向けられた先が悪意ある男だとしたら。

（それとも、俺に断られたことで思いつめて、他の男にねだったりしたら……？　精液を呑ませてほしいなんていう女の子だ。都合のいい女として、散々やりまくられてボロボロにされてしまうかも……）

悪い考えばかりが浮かび、陣はブルブルッと体を恐怖に震わせる。

（ダメだダメだっ！　どっちにしても、俺が精液を呑ませる係を引き受けないと、大変なことになってしまうじゃないか。やっぱり俺が、やるしかないのか……？）

陣はゆっくりと視線を下ろす。みるくの潤んだ瞳は不安でゆらゆらと切なげに揺れていた。

（じゃあ、俺が引き受けたらどうなる？　俺はみるくに、精液を呑ませられる。みるく自身がそれを望んでいる。もちろんみるくがオトナっぽくなるまでで、そうなればみるくはそいつに想いを打ち明けるんだろうけど。……でも、みるくがいつまでも子供っぽいままだったら、その関係は、ずっとつづくのか……？）

陣の脳裏で、倫理観と兄としての立場がグルグルとまわる。そして増幅した黒い感情が、さらに別の可能性を浮かび上がらせる。

（それに、もしかしたら、精液を呑ませつづけるうちに俺たちの関係も変化するかもしれない。オトナっぽくなるためと言って、精液を呑ませるのと一緒にエッチなことも教えてやれば、みるくの心もそのうちそいつから離れて俺の元に……。って、なに考えてんだ。エロ漫画じゃないんだから、そんな簡単にいくわけないだろ。それに俺、童貞だし、テクニックとかあるわけじゃないし）

浮かんできた都合のよすぎる考えを、陣は頭を振って追い出す。しかし、もう一度冷静になって考えてみても、ここでみるくを拒絶する方がみるくにとってリスクは大きいように感じられた。知らないところで他の男に頼り危険な状況に巻きこまれるよりは、自分の目の届く範囲にいてくれた方がよいと思えたのだ。

陣は大きく息を吐くと、みるくの頭にポンと手を置く。そして兄として精一杯の優しい笑顔をみるくに向けた。

「……わかったよ。みるくがオトナっぽくなれるように、俺も協力するよ」

よく見れば、陣の笑顔は無理をしているのが丸わかりで、あまりに痛々しかった。しかしみるくは、陣のその言葉を自身の告白への返事と受け取ってしまった。胸いっぱいに喜びが広がったみるくは、兄の本心に気づくことができなかった。

「ホントッ？　ありがとう、おにいちゃんっ。だいすきっ！」

みるくは愛らしい顔をパァッと輝かせ、陣の胸にギュウッと顔を埋めてしがみついた。その『だいすき』は、みるくが未来の恋人へと向けた愛の言葉で。しかしそれは陣の胸には、兄を慕う妹の兄妹愛を示す言葉として響いてしまう。

「大好き、か……。ああ、俺も好きだよ、みるく……」

陣は混じり合う様々な複雑な感情に胸を締めつけられながら、最愛の妹を、そっと抱きしめたのだった。


「ふわわ……お、おっきい……」

ベッドの上にペタンと腰を下ろしたみるくの前で、陣は服を脱いで全裸になった。いきり立った肉棒が、その眼前に突きつけられる。入浴中にそっと盗み見た時よりも、兄の肉塊はさらに大きく、そして硬く反り返っていた。

「みるくは、精液がどうやったら出るか知ってるのか？」

みるくの熱い視線に晒され身震いしながら、陣はみるくに尋ねてみる。

「う、うん。オ、オチン×ンが気持ちよくなると、オシッコの穴から代わりに出てくるんでしょう」

みるくは羞恥で顔を真っ赤に染め、ぽそぽそと答える。陣はみるくを子供だとばかり思っていたが、最低限の知識はあるようだ。

陣はみるくの目の前で勃起した肉棒を握ると、ゆっくりとしごき始める。

「わわっ。お、おにいちゃん、なにしてるの？」

「オナニーだよ。チ×ポを手でしごいて、気持ちよくしてるんだ。セックスの代わりだな」

「こ、これが……男の人の、オナニー……」

みるくは目を丸くして、陣の手淫を見つめている。みるくに見つめられながら、淫らな知識を教えこみつつ手淫に耽る。その背徳的な行為に、陣はゾクゾクと興奮を掻き立てられる。

やがて陣の手淫は激しさを増し、口を開けた尿道口からはカウパーがトプトプとひっきりなしに溢れ始める。

「お、おにいちゃん、そんなに激しく擦って、痛くない？」

「大丈夫だよ。激しい方が気持ちいいんだ。それに、先っぽからトロトロした透明な汁が出てきてるだろう。これはカウパーって言って、滑りをよくする潤滑油になってくれるんだ」

「そ、そうなんだ。わわっ、おにいちゃんのオチン×ンが、カウパーでいっぱいでペトペトになってる。おにいちゃんが手を動かすたびに、ヌチャヌチャって音が響いてるよ。なんだかすごく、エッチな感じがするよぅ……」

男のメカニズムを教えられて、羞恥のなかでも湧き上がる好奇心。みるくはまじまじと陣の自慰を見つめていた。

そのまましばらく手淫をつづけていた陣だが、しかし絶頂はまだ遠いようだ。興奮は確かにあるが、しかしそれ以上に羞恥が大きすぎた。陣だけ全裸で股間を晒し、みるくは制服に身を包んだままなのだ。普段通りの妹の前で無垢な瞳に見つめられながら、オカズもなしに簡単に絶頂に到達できるほど、陣はマゾヒストではないようだった。

（みるくがオカズになってくれればすぐにでも射精できるだろうけど、そんなこと頼むわけにもいかないしな……）

あくまで陣は、みるくに精液を呑ませるという約束をしただけだ。みるくの体を好きにしてよい訳では、当然ない。みるくには、他に好きな男がいるのだから。

いつの間にか、陣の肉棒はしぼみ始めていた。みるくが慌てて陣の顔を見上げる。

「お、おにいちゃん、どうしたの？」

「い、いや。なんか集中できなくて」

兄の顔から徐々に興奮が引き始めているのを感じ、みるくは自分にできることがないかと思案する。

（そっか。わたしにずうっと見られていたら、おにいちゃんも恥ずかしくて集中できないよね。……そうだ）

妙案を思いついたみるくは、制服のポケットから白いハンカチを取り出す。そして目を閉じると、ハンカチを目の上に当てて頭の後ろで結び、自ら視界を覆い隠すように目隠しした。

「み、みるく？」

「じっと見ててごめんね、おにいちゃん。わたし、もう見ないから、わたしのことは気にしないでね」

「あ、ああ。ありがとな」

みるくの行動に驚きつつも、目隠しされたみるくを見ていると、再びゾクゾクと興奮が背筋を駆け上がってくる。男の肉棒の前で愛らしい美少女が目隠しをされひざまずいている哀れな姿は、陣を激しくいきり立たせた。陣はどちらかというとサディスティックな性質らしい。

陣は再び反り返った肉棒を、みるくの眼前で先ほどまでよりも激しくしごき始める。そしてみるくが見えないのをよいことに、一歩前に進み出てみるくの顔に肉棒が当たるすれすれまで近づき、自慰に耽ってゆく。みるくの小さな体がピクンと震える。

（ふあぁ……お、音が近いよぅ。おにいちゃんのオチン×ン、わたしのお顔のすぐそばにあるのかな。シュコシュコってオチン×ンをしごく音に、ニチュニチュってカウパーの音が混じってるぅ。そ、それに、ムワッとした匂いがお鼻に広がるの。こ、これ……おにいちゃんの、オチン×ンの匂い……？　すごく、濃くて……お鼻が、おかしくなっちゃうよぅ……）

視覚を封じた代わりに、みるくの聴覚と嗅覚は鋭敏になっていた。肉棒から湧き上がる濃密な肉の臭気が、みるくの鼻腔をジクジクと淫靡に攻め苛む。耳朶から入りこむ卑猥な汁音が、みるくの脳裏をクチュクチュと掻きまわしてゆく。

「……ハァ、ハァ……ハァァン……」

気づけばみるくは唇を開き、呼吸を荒くしていた。みるくの頬が羞恥だけでなく興奮も混じり、さらに赤く染まる。間近で手淫され興奮に息を荒げている目隠しされた美少女の姿に、陣の興奮もさらに高まり、手淫のスピードもますます速まる。

（あぁぁ……わたし、変になるぅ。頭のなかが熱くて、このままだとみるく、変になっちゃうよう。おにいちゃん、まだ終わらないの。精液、まだ出ないのぉ？）

手淫開始からそれほど時間が経ったわけではなかったが、視界を奪われたことで、みるくの時間感覚は一秒を何倍にも感じるようになっていた。このまま濃密な精臭を嗅がされつづけては、頭のなかが変になってしまいそうだった。みるくはなんとか兄が早く射精を迎えられる方法はないかと思案する。

（そうだ。おにいちゃんはいつも、あのエッチな本を見ながらオナニーしてるんだもの。だから、わたしがあの本の代わりになれば、おにいちゃんももっと興奮して、早く精液を出したくなるはずだよね……）

みるくは顔を上向かせると、ゆっくりと唇を開いてゆき、おずおずと舌を垂らす。そしてアダルト雑誌に倣い、虚空をレロレロと舌で舐め始めた。

「み、みるく……？」

みるくの突然の大胆な行動に、陣は驚いて手淫の手を止める。しかしみるくは兄の興奮を煽ろうと、懸命に舌をくねらせつづける。

「おにいちゃぁん……みるくで、興奮してぇ。……れろぉ。わたしじゃ子供っぽいから、エッチな気分になれないかもしれないけど、でも、がんばるからぁ。みるくを、エッチな本の代わりにたくさん見つめて、オ、オナニーしてぇ～……」

みるくのおねだりに、陣の肉棒はさらにいきり立ち、ビクビクと震える。目隠しをされた愛らしい美少女が、痴女のごとく舌をくねらせて精液をねだる。あまりに淫靡で倒錯的な光景に、陣の興奮は爆発寸前まで押し上げられる。

ふと周囲に視線を配れば、床に一冊のアダルト雑誌が落ちていた。みるくはこれをたまたま見てしまい、陣がこういうプレイが好きだと思いこんでしまったのだろう。しかし、陣はわざわざそれを否定するつもりはなかった。愛らしい痴女と化したみるくは、あまりに魅力的であったから。

「くうぅ……すごくエッチだぞ、みるく。エッチな本の何倍もいやらしいぞ」

「ほ、ほんと？　……えろ、えろぉ……おにいちゃん、みるくで興奮してくれてるのぉ……？　ああ、ほんとだ……。おにいちゃんがオチン×ンをしごくシュッシュッて音が、さっきより大きくなって……レロッ、レロォ～ッ……オチン×ンの匂いが、すごく濃くなってきて、お鼻が変になっちゃいそうなのぉ」

兄の興奮を感じ取り、みるくの顔は耳まで真っ赤に染まる。もちろん羞恥も胸が弾けそうなほどに膨らんでいるが、しかしそれ以上に、アダルトな美女に負けないくらいに兄が自分の姿で興奮してくれているという喜びがみるくの胸を包みこむ。

「ああ、すごく興奮してるよ。もうすぐ、くっ、イッちゃいそうだ」

「ふぇ。おにいちゃん、どこか行っちゃいやだよぅ」

「ちがうちがう。イクっていうのは、一番気持ちよくなって、精液が出るっていう意味だよ」

「そ、そうなの。なぁんだ。よかったぁ」

みるくがホッと胸を撫で下ろす。大胆に振る舞ってみても、やはりみるくはまだまだお子さまなようで、性知識も薄いようだった。

一瞬あたりに満ちた和やかな雰囲気が、淫靡な空気をわずかに薄める。陣の手淫が勢いを弱めたことを、みるくは敏感に悟った。

「おにいちゃん、みるくが変なこと言ったから、エッチな気分じゃなくなっちゃったの？　ごめんなさい。もう変なこと言わないから、またみるくでエッチな気分になってぇ。レロッ、えろえろぉ～んっ」

陣の気分が萎えかけているのを悟り、再び懸命に舌をくねらすみるく。再び陣の欲求がふつふつと沸きあがってゆく。陣は最高のフィニッシュを迎えるために、みるくにそっと耳打ちする。

「みるくはセクシーなオトナの女になりたいんだよな。なら、セクシーな女に相応しい言葉も覚えないとな」

「う、うん……。えっ？　オチン×ンは、オチ、×ポ……。精液は、ザーメン……。おくちは……。ふあぁ……みんな、すごくエッチな響きだよぅ。体が、熱くなっちゃうぅ……」

陣が耳元で囁いた淫語を、みるくは乾いたスポンジのように吸収してゆく。その淫靡な響きに脳をクラクラさせながらも、みるくは自分が一歩オトナの女性に近づけたような気がした。

「さあ、みるく。おねだりしてごらん。思いきりセクシーでエッチにおねだりするんだ。上手にできたら、ザーメンをたくさん射精してあげるからな」

「ふぁい。……おにいちゃん、みるくにザーメン、呑ませてくださぁい。みるくがセクシーな女の子になるために、大きなオチ×ポからたくさんザーメン吐き出して、みるくの、お、おくちマ×コをザーメンでいっぱいにしてくださぁいっ」

陣が教えた淫語を使った、みるくの愛らしい声音とは真逆の、淫ら極まりないおねだり。陣の背筋をゾクリとたまらない快感が走り抜ける。

「くあぁっ。みるく、出るぞっ。口を大きく開けるんだっ。すべて受け止めろっ」

「は、はいっ。ひゃんっ、んぷぅ〜っ」

ドクドクッ、ビュプッ、ブビュビュッ!

尿道口から噴射された大量の精液が、みるくの口内にドパドパと降り注ぐ。熱い粘液に口内を侵食されてみるくは目を白黒させ、それでも一滴もこぼすまいと口を開けつづける。

(ふあぁ、あ、あついよぉ。精液、ザーメンって、こんなにも熱いものなの? ドロドロネバネバで、おくちのなかや舌にべったり絡みついて……おくちのなか、変になっちゃうよぉ)

陣は左手でみるくの頭を上向かせて固定し、亀頭を口元に至近距離まで近づけて、右手で肉棒を激しくしごき溜まった精液を一滴残らずしごき出す。勢いがつきすぎたか、一部の白濁はみるくの唇や口のまわりにべったりと貼りついた。

「んぱぁ……むぷ……んひゅぅ……」

(ザーメン、すごい量なのぉ。こんなにたくさんだなんて、おくちから溢れちゃいそう。匂いもすごくて、お鼻もおくちのなかも、ジンジン痺れてきちゃうよぉ。……でも、こぼしちゃダメ。おにいちゃんがわたしのために出してくれたんだもん。ぜんぶ残さずのんで、おにいちゃん好みのセクシーな女の人になるのぉ……）

濃厚なえぐみと生臭さに口内どころか鼻や脳内までジュクジュクと侵されながら、それでもみるくは懸命にすべての精液を受け止めようと口を開けつづける。

やがて、長い射精を終え、陣が一息吐く。眼下では、口内も口のまわりも白濁でドロドロに汚されたみるくが、視界を遮られたまま陣をじっと見上げていた。

従順に言いつけに従った妹の姿に満足げな笑みをもらすと、陣はみるくの頭を優しく撫でてやる。そして、みるくの前に腰を下ろす。

「ふう。全部出たぞ。よく頑張ったな、みるく。さあ、ザーメンを呑み干してごらん」

「ふわぁい。……んく……コク、コクン。……うえぇ……んく、ゴクン……」

陣が見つめる前で、みるくは精液を呑み下してゆく。最初はおっかなびっくり少しずつ。喉にへばりつく粘液に時折えずき、呻きながら、それでも懸命に呑み下す。

（うえぇ、変な味ぃ……。ネバネバで、喉に引っかかって、飲みにくいよう。……でも、おにいちゃんがわたしのために出してくれたザーメンだもん。ちゃんと呑まなくちゃ）

みるくは吐き出してしまわないように両手で口を覆い、なんとか精液を呑み下しつづける。時間をかけた分、精液が喉や胃袋、全身にまでじんわりと染み渡ってゆくような気がしていた。

「んく、ゴキュンッ。……ぷは。……おにいちゃん、ぜんぶ、のみおわったよ。ごちそうさまでした」

みるくが口元を隠していた手を放し、大きく口を開けて空っぽになった口内を見せつつそう告げる。

「よくがんばったな、みるく。おいしくなかったろう?」

みるくをねぎらうように頭を撫で、目隠しを外してやる。みるくは戸惑いつつも、コクンと小さく頷いた。

「う、う〜ん。なんだか、不思議な味だったよ。すごく濃くて、おくちのなかがドロドロになっちゃった。今も疼いてジンジンしてるの。……でも……おにいちゃんが、わたしのために出してくれたんだもん。ちゃんとぜんぶ呑まなくちゃって」

目隠しを外したみるくの瞳は、じんわりと潤んでいた。みるくは陣の胸にそっと手を当てると、上目遣いに陣の顔を見つめる。

「おにいちゃん。これからも、みるくにおにいちゃんのザーメンを呑ませてくれる?

みるく、早くオトナになりたいの。そしていつかセクシーなオトナの女になって、あのエッチな本に出てくる女の人みたいに、おいしいおいしいっておにいちゃんのザ

ーメンを呑めるようになりたいな」

　あどけなく愛らしい顔で、淫靡な願望を口にするみるく。陣はたまらなくなり、みるくの小さな体を胸に掻き抱く。

「……ああ。みるくが望むなら、いくらでも呑ませてあげるよ」

「ありがとう。おにいちゃん……」

（ふわわ。おにいちゃんの匂いだ……）

　鼻腔いっぱいに広がる、大好きな兄の匂い。そして口内には、いまだはっきりと残る、より濃厚な兄の精液の匂いと味。みるくはその小さな体すべてが兄によって染められていく心地がして、兄にしがみつきながら、感動に胸を蕩けさせていた。

「みるく。口のまわりが汚れてるぞ」

　陣はみるくの唇のまわりに付着した精液を指でなぞって掬い取ると、みるくの口元に運ぶ。みるくは促されるまでもなく、陣の指をパクッと咥えると精液ごとチュウチュウと吸いたてた。

「残してごめんなさい、おにいちゃん。チュパチュパ……チュウゥ……」

　みるくはうっとりと指にしゃぶりついている。指に広がるみるくの温かな唾液の感触と、ぬめる内頬や舌の感触。これが指でなく、肉棒ならば。そう考えると、陣の鼓動がドクドクと激しく脈打ち始める。

あれだけ放出したばかりだというのに、陣の肉棒は再びいきり立ち。今度はこの愛らしい口に直接むしゃぶらせてみたいと、カウパーを溢れさせつつビクビクと跳ねるのだった。

ぺろぺろ2 Fキスから濃厚ベロチュー

「ふう……」

　陣はベッドの上に寝転がり、ぼんやりと天井を眺めていた。あの後、みるくに直接おしゃぶりさせたいという欲求をなんとか抑えこみ、宿題があるからとみるくに部屋を出るよう告げたのだ。実は本当に宿題はあったのだが、とてもそんな気分にはなれず、射精後の気だるさを味わいながらベッドの上に転がっている陣であった。

「本当にこれで、よかったのかな……」

　ポツリと呟き、陣はまた溜息を吐く。みるくの願いを聞き、精液を呑ませてやった。これでみるくが、他の男の精液を求めることはないだろう。とりあえずは一安心である。そして、淫らに振る舞うみるくを見ながらの射精は、これまで行った自慰など比較にならないほどの快感であった。そこには不満どころか悦びしかない。

「でもなぁ。みるくは俺の、妹なのに……」

これまで必死に抑えこんできた、みるくを女として見ている自分。しかし今日、それはあっさりと崩れてしまった。これから先も、みるくを妹として見ていけるのか、陣は不安で仕方がなかった。

「もしさっきのでみるくが満足したなら、俺は自分からは求めないようにしよう。うん。そうしよう……」

陣はそう自分に言い聞かせる。先ほどの行為は、あくまで妹の望みを叶えてやっただけだ。自分の欲望を吐き出すために妹を利用したわけではない。陣はそう必死に思いこもうとし、これからも愛する妹のために、よき兄として振る舞っていこうと心に誓うのだった。


「……のんじゃった。おにいちゃんの、ザーメン……」

みるくは自室で絨毯の上に腰を下ろし、テーブルに上体を預けてぼんやりとしていた。

「ネバネバしてて喉に引っかかって。頭のなかも、おなかのなかも痺れちゃいそうなくらい、濃い味だったなぁ……。あれが、オトナの味なのかも。あれをおいしいって呑めたら、確かにオトナの女の人っぽいよね」

初めて呑んだ精液は、えぐみも粘り気も強烈ではあったが、不思議と嫌悪感は抱かなかった。それは、大好きな兄が自分を見て興奮し、快感を得たという証であったからかもしれない。

大人になれば味覚が変わるという。精液が美味しく感じられるようになれれば、きっと自分も大人の女性へと生まれ変わっているはずだ。みるくはそんなふうに考えていた。一般的な味覚の変化とは、決してそのような意味ではないのだが。

「おにいちゃん、わたしがザーメンを呑むところを見て、すごく興奮してたみたい。わたしがザーメンを呑めば、おにいちゃんは喜んでくれるし、おにいちゃんの理想にも近づけるんだもんね。恥ずかしいけど、これからもたくさん呑ませてもらって、あの味に早く慣れなくちゃ」

兄の葛藤など知るよしもないみるくは、両の拳を小さく握ってそう気合を入れるのだった。

と、その時。みるくの携帯電話が振動した。開いてみると、真里からのメールが届いたようだ。

『どう？　お兄さんの精液、おいしかった？』

末尾についた笑顔の顔文字が若干のからかいを含んでいたが、みるくはその意図に気づかず、素直に返信をする。

『おいしくはなかったけど、ちゃんと呑めたよ。まりちゃんはザーメンをおいしいって思う？　オトナっぽいまりちゃんなら、おいしく呑めちゃうよね。わたしも早くそうなりたいな』

みるくがメールを返信してから十秒と待たずして、真里から電話がかかってくる。みるくが電話を耳に当てると、真里の驚きの声が耳に飛びこんできた。

『み、みるくっ⁉　あんた、本当にお兄さんの精液、呑んじゃったの？』

「わっ。う、うん。そうだけど……」

真里の大声に耳がキーンとなりながらも、みるくは答える。そして、精液を呑むことになったいきさつを、照れながらたどたどしく真里に伝えた。

『……なるほどねぇ。やっぱり、脈がないわけじゃなかったんだ』

みるくの話を聞いた真里は、納得したといった声音で呟く。電話の向こうで、深く頷いている真里の姿が目に浮かんだ。

『ねえ、みるく。正直に答えてほしいんだけど……。みるくは、お兄さんのこと、一人の男の人として好きなんだよね。お兄さんと恋人になりたい、そう思ってるんだよね？』

「えっ？　あ、あの………」

真里の核心を突く問いに、みるくは照れて口ごもる。それでもその真剣な口調に、自分も本心を告げねばならないような気がして、みるくは秘めていた想いを打ち明けた。

「う……うん……。わたし、おにいちゃんのこと……大好き。おにいちゃんだからじゃなくて、男の人として、好きなの。だから、おにいちゃん好みの、セクシーなオトナの女の人になりたかったの」

数秒をおいた後、みるくははっきりとそう答えた。今度は電話の向こうで数秒の沈黙が流れる。

『……わかったわ。みるくがそこまで本気なら、私、みるくに協力する』

「ほんとうっ？　ありがとう、まりちゃん。まりちゃん、わたしの知らないこともたくさん知ってるから、心強いな」

兄と妹の恋を的確にフォローできるほどの経験なんてないわよ、と思いつつも、電話の向こうの嬉しそうなみるくの声を聞いていると、できる限りのことはしてあげたいと思う真里であった。

『ああ、それから、このことは優には内緒ね。あの子、こういうのうるさいから』

「えっ。でも……」

『いいって。お兄さんとちゃんと恋人同士になってから報告すればさ。それより、これから次に向けての作戦会議よ』

「う、うんっ」

こうしてみるくは心強い味方を得たのであった。


その後、みるくは真里と電話で話しこんでしまい、そして陣もぼんやりしているうちに日が暮れてしまったため、二人とも夕食の支度ができなかった。結局この日の夕食は宅配ピザで済ませることになった。

陣はTシャツとジーンズ、みるくは白いブラウスと赤と黒のチェックのキュロットスカートに着替え、それぞれリビングに下りた。

先ほどのこともあり、食卓には若干微妙な空気が流れていた。それでも陣が努めていつも通り兄として振る舞おうとしたことで、危ういながらもなんとか均衡は保たれた。

夕食後、陣はそそくさと自室に戻ろうとした。しかしその陣の手を、みるくがキュッとつかむ。

「お、おにいちゃん。九時から、見たい映画があるの。一緒に見ようよ」

「え……。あ、ああ」

みるくに上目遣いでお願いされては、断ることなどできない陣であった。

始まった映画は、アメリカの恋愛映画であった。少々過激なシーンもあり、劇場公開時には話題になった映画だ。

「みるくがこういう映画が好きだなんて思わなかったな」

「そ、そうかな。わたしだって、オトナっぽい映画も見るんだよ。えへへ」

そう言って笑うみるくの笑顔はぎこちない。実は、この映画が今日放送されることを知った真里が、ムード作りのためにと兄と一緒に見るように薦めたのだ。

そして映画が始まって、みるくは目を丸くする。冒頭から濃厚なキスの嵐だったのだ。みるくは顔を赤くして俯きがちになり、陣は気のない振りをして顔を横に向けている。それでも二人とも、ちょこちょこと画面を盗み見てしまう。

（はうぅ。は、恥ずかしいよぅ。で、でもでも。あのセクシーな女優さんみたいに、オトナのキスをできるようにならなくちゃ、おにいちゃんに振り向いてもらえないもんね）

画面のなかでは、セクシーな厚い唇が印象的な美人女優が、濃厚な接吻《せっぷん》を重ねていた。どうやら相手の口内に舌も入っているようだ。話には聞いたことはあったが、本当にそんな行為があったのかと、みるくは目を丸くする。

やがて、場面が転換する。次のシーンでは、映画のヒロインが、兄に挨拶のキスをしていた。もちろん頬に、挨拶としての自然なキスである。

（あ……。キス、してる。兄妹同士で、キス……。そ、そうだよね。外国では、普通のことなんだよね）

みるくはチラッと兄の顔を盗み見る。兄はどこか居心地悪そうにしていた。兄もまた、兄妹でのキスを意識しているのだろうか。

（わ、わたしも……おにいちゃんに、キス、しちゃおうかな。い、いいよね。普通のことだもんね。……が、がんばれ、わたしっ）

みるくは小さく拳を握り自分を励ますと、もう一度兄の横顔を見る。幸い、兄の視線は画面を向いていた。みるくは瞳を閉じると、ツイと唇を突き出し、兄の頬にそっと重ねた。

「わっ⁉　み、みるく？」

兄が頬を手のひらで押さえ、驚いた顔でみるくを見る。たちまち恥ずかしくなり、みるくも俯いてしまう。

「あ、あのねっ。ちょっと、映画のマネしてみたかったの。……や、やっぱり外国人じゃないと、こういうのは似合わないかな。ごめんね、おにいちゃん……」

ションボンと俯いたみるく。しかし次の瞬間、みるくの頬に温かな感触が広がる。ハッと顔を上げると、そこには照れた兄の顔があった。

「……俺も、映画のマネ」

ポリポリと頭を掻いている兄。みるくは嬉しくなって、もう一度兄の頬にキスをする。すると兄も、みるくの頬にキスを返してくれる。チュッチュッと、互いの頬にキスを繰り返す。気づけば二人の頬はほんのりと赤く染まっていた。

やがて映画も佳境に入り、再び濃厚なラブシーンが繰り広げられ始めた。全裸で絡み合い、音が鳴るような濃厚な接吻を繰り広げる恋人たち。

（ふわわ。すごいよ……。わたしもおにいちゃんと、あんなキスしてみたいな……。で、でも、ほっぺは兄妹だからいいけど、唇は……）

映画を横目で見ながら、そんなことを考えていたせいだろうか。みるくはどちらが頬にキスする番かをすっかり忘れてしまった。兄が唇を突き出したのに気づかず、みるくもまた横目で画面を見ながら唇をツイと差し出す。

チュッ。

（……あ……れ？）

気づけば二人の唇が、ピトリと重なってしまっていた。

「ふわわっ。ご、ごめんなさいっ」

みるくは弾かれたように唇を離し、顔を真っ赤にして俯いてしまう。陣は呆然と、そんなみるくを眺めていた。

（あれ？　俺たち、唇で、キス……しちゃったのか？）

頬へのキスは、じゃれ合いの延長だと思っていた。幼い頃にはみるくからしてきたことも何度かあった。今も映画にあてられてちょっとふざけているだけだと思い、それに付き合っていたつもりだった。それがいつの間にか、唇同士の、恋人同士でしかなしえないキスになっていた。

「……あ、あの……おにいちゃんは、キス、初めてだった？」

呆然としている陣に、みるくがおずおずと尋ねてくる。

「あ、ああ……うん……。初めて、だった」

変に格好をつけても仕方ないので、陣は正直に答える。するとみるくはますます恐縮してしまう。

「ほ、本当にごめんなさいっ。ファ、ファーストキスの相手が、わたしになっちゃって……」

みるくは陣が不本意な形でファーストキスを失ったことを気にしているのだろう。

「い、いや……。それより、みるくは？」

「えっ？　……わ……わたしも、初めて……だったよ……」

みるくの赤い顔がますます赤くなる。

「そっか。ごめんな。初めての相手が俺で」

そう言いつつも、陣の胸は安堵と喜びでいっぱいになっていた。みるくの想い人より先に、みるくのキスの相手になれたのが嬉しかったのだ。

「う、ううん……。わたし……初めてが、おにいちゃんで……うれしい……」

みるくがぽそりと呟く。俯いたままなのでその表情は読み取れなかったが、気を遣わせまいというそのみるくの気持ちが嬉しかった。

画面のなかでは、濃厚なラブシーンがつづいている。恋人たちは遠慮もなしに、互いの唇を貪り合っていた。陣は、先ほど味わったみるくの唇の柔らかな感触を思い出す。もっとあの感触を味わいたい。その思いで胸がいっぱいになった陣は、みるくをそっと抱き寄せる。

「わわっ。あ、あの、おにいちゃん……？」

陣の胸にすっぽりと収まったみるくが、どぎまぎしながら陣を見上げている。

「なあ、みるく。大人のキス、してみないか」

「えっ。あ、あの……」

「みるくはセクシーなオトナの女になりたいんだろう。なら、ああいうキスも経験しておいた方がいいんじゃないのか」

画面では恋人たちが舌を絡め合っていた。みるくは耳まで真っ赤にし、陣の胸に顔を埋めてくる。

我ながら卑怯だとは思う。しかし一度みるくの唇の味を知ってしまった陣はもう、抑えが利かなくなっていた。どうせすでにファーストキスは失ってしまったのだから、これからする大人のキスはみるくにとってプラスにこそなれ悪いことはなにもないはずだ。そう自分に都合のよいように、自らに言い聞かせた。

それでも、みるくが拒否していたならば、あるいは踏みとどまれたかもしれない。

しかし、みるくの返事は、陣の望んでいた通りのものだった。

「……う、うん。みるくが、早くオトナになれるように……大人のキスを教えてください」

潤んだ瞳でそう告げるみるくを前に、陣の理性は吹き飛んだ。

（ふわ……おにいちゃんに、ギュッってされてる。あったかい……。それに、おにいちゃんの匂いに包まれてる。うれしくて、頭のなかがぽわぽわするよ……）

小さな体を陣にすっぽりと覆うように抱きしめられ、みるくはうっとりと幸福に酔いしれていた。まるで兄の体の一部になってしまうかのような、この感覚がみるくは大好きだった。

自然にうるうると潤んでくる瞳。みるくは顔を上向かせる。兄は真剣な顔でみるくを見下ろしていた。

（これからおにいちゃんと、キスをするんだ。兄妹でするキスじゃなくて、恋人同士みたいな、オトナのキス……。わたし、上手にできるかな？）

ふと不安が襲ってくる。その不安が顔に出ていたのか、兄が優しくみるくの頭を撫でてくれた。

「みるく。目を閉じて。みるくはじっとしていればいいから」

「う、うん……」

（やっぱりおにいちゃんは、頼もしいなぁ）

兄の優しい言葉に安心し、みるくは兄にすべてを任せることに決めた。実際には陣も先ほどファーストキスを終えたばかりで、二人の間には知識の差しかない。しかしこれまでの経験から、みるくは兄に任せておけばすべてうまくいくと思いこんでいた。

みるくがそっと瞳を閉じる。陣はゴクリと唾を飲みこむと、ゆっくりと顔を近づけてゆき、ピトリと唇に唇を重ねた。そして今度はすぐに離さず、互いの体温を確かめ合うように、しばしの間、唇を重ねつづける。

（ふわわ……また、キス、してる。唇同士のキスを、今度は、ずっと……。おにいちゃんの唇、あったかい……）

体だけでなく唇までも兄の熱に包まれ、みるくの体がじんわりと痺れてゆく。陣もまた、みるくの柔らかな唇の感触を、心ゆくまで堪能した。

次に陣は、みるくの唇をチュッとついばみ始めた。唇で咥え、チュウチュウと吸い立て、やがて解放するも、今度はすぐ隣を吸い立てる。いつしかみるくの唇全体がジンジンと疼き始め、赤くぽってりと膨らみだした。

「みるくの唇、柔らかくて気持ちいいよ……チュッチュッ、チュウゥッ」

「んぷぁ……おにいちゃぁん……んふぅ……」

（みるくの唇、おにいちゃんにチュパチュパされてるぅ。唇、熱いよぅ。こんなふうにたくさんチュパチュパされると、あのセクシーな女優さんみたいに、色っぽい唇になっちゃうのかな……）

実際にはその女優の唇は生まれつきなのであろう。しかしこれだけ強く何度もついばまれれば、いつか自分の唇も肉厚でセクシーに変化してしまうに違いない。みるくは陶然とした心地で、そんなことを考えていた。

やがて熱を帯びジンジンと疼いた唇は、閉じ合わせているのが困難になり、うっすらと開かれてゆく。陣は舌を出し、みるくの唇の間をヌプヌプと割りさいた。

（ふあっ。お、おにいちゃんの舌が、わたしのおくちのなかに入ってきた……）

ドキドキと口から飛び出しそうなほど高鳴る心臓。みるくはひしっと陣の体にしがみつき、なんとか自分を保つ。

唇から侵入した陣の舌が、みるくの口内でテロテロと動き始める。舌は白い歯の表面を一本一本舐め上げ、歯茎までネロネロと這いまわる。

（ふあぁっ！　な、舐められてるっ。おにいちゃんに、おくちのなかまで舐められちゃってるぅっ）

体のなかからねぶられる感触に、みるくはピクピクと肢体を震わせた。

「レロ、ネロォ……みるくの口のなか、なんだかほんのり甘いな。ミルクの味がする気がする」

「ふぇ。そ、そうなの？　晩御飯の時に、ミルクを飲んだからかな」

「かもな。それとも、毎日ミルクを飲んでるから口のなかに味が染みついちゃってるのかもな。レロレロ、ネロ～ッ」

美味しそうに口内を舐めまわす兄に、みるくはなんだか嬉しくなる。しかしその一方で、ミルク味というのがなんだか子供っぽくも感じられて複雑な心境になる。

「んぷ、あふぅ。ねえ、おにいちゃん。んぷぅ、ミルク味って、子供っぽいよね。大人のキスっぽくないよね」

「そんなことないと思うけど。みるくが思う、大人のキスの味ってどんなのだ？」

「え、えぇと……赤ワイン、とか」

以前、女優がワインの味がわかるようになったらオトナの女の仲間入りだ、とテレビで言っていたのを思い出し、みるくはそう口にしてみる。

「ハハ。そんなの俺も飲んだことないからわからないよ。ミルク味の方が、いつまでも舐めていたくなって俺は好きかな」

「ほ、本当に？　おにいちゃんがそう思うなら、ミルク味でいい、かも」

「ああ。もっともっと舐めさせてくれよ。レロッ、ネロネロッ、ベロォ～ッ」

陣はみるくに微笑んでみせると、再び舌を動かし始める。先ほどよりも激しい嬲《なぶ》るような舌使いに、みるくは口内の神経を剝き出しにされていくような感覚に陥る。かと思えば神経の裏側までじっくりとねぶるような舌使いで、鋭敏になった口内粘膜から未知の感覚を掘り起こされてゆく。

いつしかみるくの歯も閉じ合わせられなくなり、みるくはぽっかりとしどけなく口を開けてしまっていた。陣は互いの唇がひしゃげるほど口を押しつけ、上顎や下顎、歯の裏側までネロネロとねぶりまわした。

「みるくの口のなかに、俺の匂いを染みつけてやる」

陣は呟くと、みるくの口内にタラタラと唾液を垂らし、それを舌を使ってみるくの口内にネットリと塗りたくっていった。まるでみるくは自分の物だと主張するかのように、みるくの愛らしい口を己の色に染めてゆく。

（ふあっ、んあぁっ。おくちのなか、ジンジンするよぅ。おにいちゃんの唾液でネチョネチョになって、みるくのおくち、おにいちゃんのものになってゆくのぉ）

口内をねぶられ染め抜かれてゆく快感に、みるくの体から力が抜けてゆく。陣はそんなみるくを離さぬようにと、右手で頭の後ろをしっかり押さえ、左手で小さな背中をがっちりと抱き、ただひたすらにみるくの口内をねぶりつづけた。

気づけばみるくの口内は、一カ所を除いたすべてが陣の唾液に染め抜かれていた。その一カ所とは、みるくの舌であった。自らも唾液に染まりたいと、無意識にみるくの舌が近寄っていっても、陣の舌は焦らすようにその場を離れてまた口内の違う場所をねぶりまわす。

やがてみるくの舌はもどかしさでいっぱいになり、切なくジンジンと疼き始める。しかしそんな舌を残して、陣はゆっくりと口を離してしまう。もどかしくて仕方ないみるくの舌は、陣の舌を追いかけるように口外へとまろび出てしまった。

「みるく。今すごく、いやらしい顔してるぞ。うっとりした顔で、テロンとエッチに舌を突き出して。大人のキスが大好きになった、いやらしい女の子の顔だ」

「ハァ、アァン……は、恥ずかしいの……」

蕩けた顔を淫靡だと指摘され、みるくは羞恥にフルフルッと体を震わせる。だがそれでもみるくは舌を戻さず、兄の次なる攻めを胸を高鳴らせて待ちわびる。

陣は興奮した面持ちで、みるくの舌をじっと見つめた。唾液に塗れてヌラヌラと淫靡に光り、興奮に時折ピクピクッと震える赤い肉舌。先ほどの手淫の際に、みるくが淫らに舌をくねらせ挑発する様を見てから、陣はすっかりみるくの淫舌の虜《とりこ》になっていた。

「みるくのこのいやらしい舌は、俺のものだ……」

「お、おにいちゃ……ひゃうんっ！」

陣にパクリと舌を丸ごと咥えられ、みるくは愛らしい悲鳴を上げた。陣はみるくの後頭部を右手でがっちりと固定し、思いきりジュルジュルと舌を吸い上げる。もどかしさの溜まりきった舌を苛烈に吸引され、湧き上がる感覚にみるくは思わず体を仰け反らせる。

「ジュパッ、ジュルジュル、ジュジュー――ッ」

「ひゃむっ、むぷっ、ふむむぅ～っ⁉」

舌がジンジンと激しく疼く未知の感覚。みるくの肉体はまだ、それを快感とは受け止められずにいた。みるくは反射的に舌を引こうとする。しかし陣の歯が、みるくの舌の根元をコリッと噛んだ。

「ひゅむむー――っ⁉」

その激しくも甘い刺激に、みるくの舌がピクピクッと痙攣する。まぶたの裏に、チカチカと火花が散る。それはみるくにとって、軽くとはいえ生まれて初めての絶頂であった。

　金縛りにあったようにその場から動けなくなるみるくの舌。陣はそんなみるくの舌を、カミカミと優しく甘噛みしてゆく。ジンジンと痺れる舌から、トロトロと流れ出してゆく快楽。みるくは陣にしがみつき、瞳をふわふわと宙にさまよわせる。

「ジュルルッ、チュウウゥーッ。コリッ。ネロネロ、レロォーッ」

「んぷぁ……ひゃぅ……ふぁぁん……」

　陣はみるくの舌をたっぷりと吸い立て、何度も甘噛みし、舌を這わせてじっくりとねぶり上げる。驚き混じりの甲高いみるくの喘ぎが、徐々に甘く蕩けたものとなってゆく。みるくの愛らしい瞳が、官能にますます垂れ下がる。

　すっかり大人のキスの味を覚え、愉悦に蕩けきっているみるく。陣はみるくの小さな体が潰れてしまいそうなほどギュウウッと抱きすくめ、激しく舌を動かしてみるくの舌を嬲り始める。まるで、誰が所有者かを教えこむかのように。

「ズリュリュリュッ、ベチョベチョッ、ネロネロネチョネチョーッ！」

「ひゃむむーっ！　んむっ、ひゅむっ、はむむ～～～んっ！」

　音が鳴るほど舌で舌を叩き、ジンジンと痺れたところをズリズリと擦りたてられ、舌の表も裏も唾液をこってりと塗りこめられて。みるくは再び、軽い絶頂を迎えた。

　力が抜けてもたれかかってくるみるくを抱きとめ、陣は満足げな笑みを浮かべる。

「みるく。大人のキスは、どうだった？」

「ふぇ……。わ、わかんない。おくちがジンジンしびれちゃって、トロトロになって……頭のなかがふわふわしてるの……」

「それはきっと、気持ちよかったんだよ。俺もすごく気持ちよかったからさ」

「ふわ……そ、そうなの……？　わ、わたし……大人のキス、きもちよかったの……かな……」

快楽の余韻に頭がぽうっとしているみるくは、信頼する兄の言葉を疑いなく受け入れてゆく。こうしてみるくの脳は、濃厚な接吻により沸き起こる未知の感覚を、快感として記憶する。陣はさらにダメを押すように、みるくの手を取り勃起した股間の上に重ねる。

「ふわわ……おにいちゃんのオチ×ポ、すごく大きくなってる……」

「ああ。みるくとのエッチな大人のキスですごく興奮して、こうなったんだ」

「そうなんだ……わたしとの、大人のキスで、オチ×ポがこんなに……」

大人のキスで兄をここまで興奮させることができた。また一歩、大人の女に近づけたようで、みるくは幸せな心地になる。

「それにしても、みるくの口は敏感なんだな」

「そ、そうかな……。自分じゃよく、わかんないけど……」

「そうだよ。キスの最中、何度も体をピクピクさせてただろう。キスでイッちゃってたんじゃないのか」

「イク……？　イクって、男の人が、ザーメン出しちゃうこと、だよね？」

みるくの頭上にハテナがいくつも浮かぶ。陣が思っている以上に、みるくの性知識は薄かったようだ。混乱しているみるくに、陣は噛み砕いて話してやる。もっともその内容は、かなり偏ったものであったが。

「えっとな。男も女も、一番気持ちよくなる瞬間をイクっていうんだ。男はその瞬間にザーメンが出るからわかりやすいけど、女の子は、さっきのみるくみたいに体がピクピクッてなるんだよ。……多分だけど。女の子がイクことは、アクメとも呼ぶな。つまりみるくは大人のキスで、アクメしちゃったんだ」

陣はこれまでエロ本で培った性知識をみるくに披露する。特に淫語に関しては、エロ小説の知識が随分と役立っていた。エロ小説と言っても、かわいい挿絵がついた若者向けのものだ。ただし、内容は十二分にハードであったが。

「イク……アクメ……。わたし、大人のキスで、アクメ……ふあぁっ」

陣に教えられた淫語を反芻《はんすう》していたみるくが、フルフルッと体を震わせる。アクメという言葉の淫靡な響きにあてられたらしい。淫語だけで身を震わせ、キスだけでアクメを迎える。あどけない顔をしながらも天性の敏感ボディを持ったみるくに、陣は興奮を募らせる。

「普通、女の子はオマ×コか、もしくは胸でイクものらしいんだけど、稀にものすごく敏感で、全身どこでもイッちゃう女の子がいるらしいんだ。みるくもそういうタイプなのかもな」

「そ、そんな。わたしの体、変なのかな……」

みるくが不安げに呟く。陣はみるくの不安を取り去るように、優しく頭を撫でてやる。

「珍しいだけで、変なんかじゃないよ。男にとっては女の子が感じてくれるって、すごく嬉しいことなんだぜ。俺だって、初めてのキスだったのに、みるくがあんなに感じてくれて、すごく嬉しかったよ」

「おにいちゃん……」

兄の言葉に、みるくは救われたような顔をする。みるくのいつもの愛らしい笑顔に、なんとも言えぬ女の表情が混じり、ゾクリとするような色香を放つ。陣はゴクリと唾を飲みこむと、濡れたみるくの唇を指先でそっとなぞる。

「みるくの口は、本当にくちマ×コなのかもな。キスでアクメしちゃうくらいだ。もしかしたら、本当のマ×コみたいに、チ×ポでも……」

陣はじっとみるくを見つめ、唇をなぞっていた指先をその口内にチュプリと差しこむ。そして温かな唾液のぬめりを感じながら、みるくの舌を指でムニムニと摘んでやる。

「あ、あの。おにいちゃん？　……んぷ……ふぁ、クチュ、ぷあぁ……」

敏感な舌をクニクニと揉みたてられ、みるくは瞳を蕩けさせ、艶かしい吐息を漏らす。フルフルと身をよじりつつ、再び見せるあの蕩けきった心地よさそうな顔。陣は、みるくの口が性器に勝るとも劣らぬ鋭敏な性感帯であることを、本能で悟る。

陣の脳裏に、昨夜見たＡＶが思い出される。男に強引に口を犯されながらも、快楽すら感じながらうっとりと肉棒を受け入れ美味そうにしゃぶりたて、幸せそうに精液を嚥下《えんか》する美少女の姿。あれは演技かもしれないが、みるくなら本当に、そうなれるかもしれない。

（誰にも渡したくない。かわいいみるくを。そしてこの、愛らしくていやらしい、俺の理想の口マ×コを）

胸にじわじわと広がっていく独占欲に突き動かされるように、陣はみるくをソファーの上に仰向けに寝かせ、その小さな体に覆いかぶさる。

「お、おにいちゃん……？」

「みるく。大人のキスの練習、つづけよっか」

「え……。う、うん。お、おねがいします」

小さな体をすっぽりと覆い隠すように上に乗られ、獲物を狙うかのような充血した瞳で見下ろされて。それでもみるくは、全幅の信頼を置く兄の行動に疑うことすらせず、その愛らしい唇をツイと差し出す。

「……ムチュゥ。ジュルルッ、ネロネロ、ベロォ～ッ」

陣はみるくの小さな頭を左右から両手でがっちりと挟み固定すると、再びその愛らしい唇を貪り始める。唾液を啜り、舌でねぶりまわし、その小さな口内をたっぷりと蹂躙《じゅうりん》してゆく。

「んむむっ、チュパッ。ふむっ、んぷぷ、ふむむぅ～んっ」

口内粘膜を余すところなく陣の舌にねぶり上げられ、舌をたっぷりと噛み揉みしだかれて、みるくは何度も体をピクピクと痙攣させ、キスアクメを迎える。

陣は敏感すぎるみるくの口に感心すると共に、その口を初めに味わうことができた幸せを噛みしめる。もしみるくが他の男にこんなキスを覚えさせられていたなら、その心まで完全に虜にされてしまっていたかもしれない。

「みるく、気持ちいいか。……ジュプ、チュパッ。お兄ちゃんとのキスは、気持ちいいか？」

「ひゃ、ひゃい……んぷ、チュプッ。おにいちゃんとの大人のキス、とっても気持ちいいのぉ……チュパチュパ、ふあぁっ」

ことさらキスの相手を強調して尋ねる陣に、みるくは素直に、兄とのキスが心地よいと、うっとりと答える。陣はますます激しく、みるくの脳髄にまで刷りこむかのように、濃厚な接吻快楽を送りこみつづけるのだった。

みるくは弛緩した体をソファーに投げ出し、ぼんやりと兄の顔を見つめていた。口のなかも、唇のまわりも、兄の唾液でベトベトで、兄の味でいっぱいだ。耳に入ってくる映画のエンドテーマが、どこか遠く聞こえる。いったいどれだけの時間、兄との大人のキスに酔いしれていたのだろうか。

「んぷ、ンチュ……ぷぁ。……おにいちゃん。映画、終わっちゃったね……」

みるくがぽそっと呟く。陣はハッとして、顔を横に向けテレビ画面を見つめた。次の番組はバラエティらしく、若手芸人がはしゃぐCMが流れている。このままではこの淫靡なムードも霧散しそうだ。

どうするべきかとみるくが思案していると、みるくの考えを察したのか、陣がテレビのリモコンに手を伸ばし電源を切った。無音になり、ひっそりとする室内。

再びキスの時間が始まるのかと、湧き上がる興奮と悦びにみるくはフルッと身を震わせる。しかし陣はみるくの体の上から退いてソファーに座りなおすと、みるくを抱き起こして隣に座らせた。

「今日の大人のキスの勉強は、ここまでにしようか」

「う、うん……」

名残惜しさを感じつつも、みるくは素直にコクンと頷く。気持ちを抑えられたのは、今日の、という言葉にゾクッと胸を震わされたからであった。

（おにいちゃん、このままお部屋に戻っちゃうのかな……）

離れたくなくて、陣のTシャツの袖をそっと摘みながら、みるくは自然と潤んでしまう瞳で兄の横顔を見つめる。すると陣が、ふとみるくの方を向き直った。

「なあ、みるく。俺、汗掻いちゃった。……風呂、一緒に入らないか」

「えっ……。う、うんっ」

「よし。じゃあ俺、風呂洗ってくるから、待っててな」

陣はソファーから立ち上がると、浴室へと歩いていった。一人残されたみるくは、いまだどこか気の抜けたまま、ソファーにぼんやりと座っていた。

「おにいちゃんと、お風呂……」

毎日のように共に入浴しているというのに、二人の関係がより密接になった今では、なんだかとても特別なことのように思えてくる。そしてみるくは、あることに気づいた。

「あ……おにいちゃんから、一緒にお風呂に入ろうって言われたの、初めて……」

これまではみるくがねだって、一緒に入浴してもらうばかりだった。それが今日は、兄から一緒に入ろうと言われた。これまでは普通に行っていたことが、なんだかとても恥ずかしく感じられて、みるくはトキントキンと脈打つ胸をそっと押さえた。

ほどなくして、陣がリビングに戻ってきた。簡単に浴槽だけを洗ったのだろう。これから湯が張るまで、数分ある。なにを話してよいかわからずみるくがソファーの上で縮こまっていると、陣は冷蔵庫を開け、グラスに飲み物を注いで運んできてくれた。

みるくの前に差し出されたのは、氷の入ったグラスに注がれたイチゴミルク。そして陣が飲んでいるのは。

「あれ？　おにいちゃんがミルク飲むの、珍しいね。いつもコーヒーとかなのに」

「ああ。なんか今は、ミルクが飲みたくてさ」

火照《ほて》った体を冷ますように、冷えたミルクを美味そうに呷《あお》る陣。みるくはその様子をぼうっと見つめていたが、なにかに気づくと、顔を赤くして俯いてしまう。

（お、おにいちゃん……キスの味、思い出してるのかな）

ミルク味のキスだと言われたことを思い出し、みるくは耳まで真っ赤になる。火照った顔を冷まそうと、みるくは両手でグラスを持ち、クイッと呷った。冷えたイチゴミルクが喉を流れ落ちてゆく感触が心地よい。そして、柔らかな甘さが口内に広がる。

（今、キスしたら……イチゴ味になっちゃうのかな……。や、やんっ）

自分の思いつきに恥ずかしくなって、みるくはますます体を縮こまらせた。

陣は残りのミルクを一息に呷ると、じっとみるくを見つめている。みるくは気恥ずかしくて兄の方を向くことができずに、ただグラスのイチゴミルクをちびちびと舐めていた。

（おにいちゃん……わたしのこと、見てる。もう一度、キス、したいのかな。今、キスしたら、ミルク味なのか、それともイチゴ味なのか、確かめたいのかな……。や、やぁんっ。は、恥ずかしいよ……）

兄の考えていることを予想したのか、それとも自分自身が考えていることなのかわからなくなり、みるくはまたポンッと顔を赤くした。

そんなみるくの肩に、陣がゆっくりと手を伸ばしかけた、その時。アラームが鳴り、浴槽の湯が満たされたことを二人に知らせる。

「……お風呂、入ろうか」

陣はそう告げて、肩に伸ばしかけた手を下ろし、みるくの手の甲に重ねる。そしてみるくの手を、そっと握った。

「う、うん……」

みるくはコクンと頷き、陣の手を小さく握り返した。

（みるく、ごめんな。俺、もう自分を抑えられない）

みるくの手を引き浴室に向かいながら、陣は心のなかで、みるくに詫びる。

（みるくは兄として信頼して、俺を頼ってくれてる。でも俺、気づいたんだ。……みるくが、好きだ。誰にも渡したくない）

妹のために、兄として振る舞う。その誓いは、恋人同士が行う接吻により、もろくも崩れた。素直で愛らしい妹が見せた、女の顔。その顔を知ってしまった今、陣はもうみるくを、ただの妹として見ることはできなくなってしまった。

もっともっと、見たことのないみるくの表情を見たい。そのすべてを、自分のものにしてしまいたい。沸々とわき上がる男の欲望と、独占欲。

（みるく。約束通り、俺がみるくをオトナの女にしてあげる。でもそれは、俺の知らないどこかの誰かのためじゃない。俺自身のために、みるくのかわいい口に何度も何度もザーメンを呑ませてやるんだ。そいつのことなんか忘れてしまうまで、毎日毎日、何度も何度も……）

陣はゴクリと唾を飲みこむと、みるくの小さな手をギュッと握りしめる。握られた手に突然力をこめられ、みるくは一瞬驚いた顔をする。しかしなにも言わず、ただ兄の手を優しく握りつづけるのだった。

ぺろぺろ3 お風呂でラブラブ初体験

脱衣所にやってきた二人は、それぞれ背中合わせになって服を脱いだ。これは、互いに意識しすぎないようにという、いつもの習慣だった。そしていつものように、着替えの遅いみるくをよそに、陣はパパッと衣服を脱ぎ捨ててしまう。

「先に入ってるぞ」

「う、うん」

そう言って先に浴室へと入る陣。残されたみるくは、のそのそと衣服を脱ぎ、ブラジャーを外し、パンティーを下ろして足から引き抜いてゆく。

「あ……。ぬ、濡れちゃってる……」

脱いだ薄いピンク色のパンティーの中心に、小さな染みができていた。先ほどの濃厚な接吻に反応した肉体が、みるくの閉じ合わされた幼い秘唇からトロリと透明な蜜を溢れさせたのだ。みるくは内股になり股間を隠しながら、浴室の扉を開いた。

「おにいちゃん、入るよ～……キャッ⁉」

突然目のなかに飛びこんできた光景に、みるくは悲鳴を上げて、両手で顔を覆う。いつものように背を向けて体を洗っているとばかり思っていた陣は、しかし今、浴槽の縁に腰かけてみるくを見つめていたのだ。そしてその股間には、隆々と勃起した肉棒が雄々しくそそり立っていた。

「どうした？　いつも一緒に入ってるだろう」

「そ、それはそうだけど……はうぅ……」

隠すことなく晒された長大な肉棒。そして、兄の視線もまた、遠慮なく露わになった裸身に突き刺さってくる。みるくは視界を手のひらで覆いつつ、体を縮こまらせ、腕で乳房を、腿で股間をなんとか隠そうとする。しかしその小さな体に似合わぬ豊かな乳房は腕の間から簡単にこぼれてしまい、兄の目を楽しませ、ますます肉棒を隆起させてしまう。

この時初めて、みるくは入浴時に兄がいかに気を使ってくれていたかを知った。兄はなるべく股間を隠し、みるくの裸体を見ないように振る舞っていてくれたのだ。しかし、今日の兄は違う。そのすべてを晒し、そしてみるくのすべてを目で捉えようとしている。

裸体を見つめられるあまりの恥ずかしさに、みるくの全身が羞恥でカッと燃え上がる。しかし心のどこかでは、いつも兄に見られることを望んでいる自分がいた。ようやく夢が叶い、大好きな兄に女として見られているという悦びがじわじわと湧き上がってくる。みるくは子宮の奥にポウッと官能の炎が灯ったのを感じた。

「みるく。おいで」

陣は股間を隠す素振りもなく、みるくを手招きしている。みるくは真っ赤になった顔を隠しながら、それでもおずおずと陣の前に進み出る。

「さっきの大人のキスですごく興奮してから、俺のチ×ポ、全然収まらないんだ。今しごけば、すごくたくさんザーメンが出てくると思う。せっかくだから、みるくに呑んでもらおうと思ってさ。もちろん、みるくがいやじゃなければだけど」

陣はみるくの耳元に唇を寄せ、そっと囁く。湧き上がる興奮にフルルッと背筋を震わせ、それでもみるくはフリフリと首を横に振る。

「い、イヤだなんて、そんなことないよ。わたしの方からおにいちゃんに、ザーメンを呑ませてほしいっておねがいしてるんだもん。だから……おにいちゃんのザーメン、みるくに呑ませてください」

みるくは陣の前でぺたんと腰を下ろすと、目を閉じておずおずと口を開いた。すると陣は前かがみになり、再びみるくの耳元で囁く。

「みるく。どうせ呑むなら、濃いザーメンをたくさん呑む方が、効果があると思わないか？」

「えっ。そ、そうなの？」

「ああ。多分だけど。だからさ……俺の代わりに、みるくに手で俺のチ×ポをしごいてほしいんだ」

「ええっ？　わ、わたしが……？」

驚いてみるくが目を開けると、その眼前では屹立した肉棒が早く射精したいとばかりにビクビクと震えていた。

「自分でしごくより、女の子の柔らかな手でしごいてもらった方が、何倍も気持ちいいらしいんだ。そして気持ちよければよいほど、チ×ポから濃いザーメンがたくさん出てくるんだ。だから」

「う、うん……。わ、わかったの。おにいちゃん、わたしのために出してくれるんだもんね。わたしも、お手伝いしなきゃだよね」

みるくがそう自分に言い聞かせながらコクンと頷くと、陣は嬉しそうな笑顔を見せた。その笑顔が嬉しくて、みるくはおずおずと肉棒に手を伸ばし、小さな手でそっと握ってみる。

「ふわわっ。すごく熱いよ。それに、とってもカチカチ」

「くうっ。みるくの手の感触、やわらかくてとても気持ちいいよ。さあ、さっき俺が見せたみたいに、しごいてみて」

「う、うん」

みるくは言われるがまま、その熱く硬い肉塊を上下にしごき始める。手のなかで肉塊がビクビクと震えるたび、兄が顔を曇らせ、小さな呻きを上げる。

「お、おにいちゃん、だいじょうぶ？　いたいの？」

「ああ、ち、ちがうよ。きもちよすぎて、くっ、声が漏れちゃうんだ。みるく、もっと激しくしごいてみて。そ、そう」

兄の呻きが快感によるものだとわかり、安堵したみるくはさらに激しく肉棒をしごきたててゆく。尿道口から溢れたカウパーが亀頭を伝って垂れ落ち、肉竿を握るみるくの手のひらをニチャニチャと汚してゆく。

「オチ×ポの先っぽから、カウパーがたくさん出てきたよ。おにいちゃん、本当に気持ちいいんだ。はうぅ、わたしのおてて、ヌチュヌチュしてきたよぅ」

「そのヌチュヌチュでしごかれると、すごく気持ちいいんだ」

「そ、そうなんだ。それなら、もっとヌチュヌチュにしちゃうね」

みるくは指先で尿道口からカウパーをすくうと、肉棒にネチャリと塗りつけ、その上から手筒で包みニュコニュコとしごいてゆく。絶え間なく溢れる大量のカウパーにより、たちまち肉棒全体がテラテラと淫靡に濡れ光る。

　このままみるくの手のなかで放出してしまいたいという欲求が湧き上がるも、陣はなんとか抑えこみ、みるくに次の、本当の狙いを打ち明ける。

「くあっ。み、みるく、ちょっと手を緩めて。みるくの手でしごいてもらうのはとても気持ちいいけど、実はもっと気持ちよくなる方法があるんだ。みるくさえよければ、お願いしたいんだけど」

「なぁに？　わたしでできることなら、なんでもさせて」

　今でもたまらなく心地よさそうな兄を、さらに蕩けさせる方法があるという。みるくは興味津々といった面持ちで、陣の顔を見つめる。

「今度は、手の代わりに、みるくのお口や舌でチ×ポを気持ちよくしてほしいんだ。フェラチオっていうんだけど、みるく、知ってるか？」

「あっ。う、うん。名前は聞いたことあるよ。それと、さっきおにいちゃんの部屋で見た、エッチな本に載ってたから……」

　淫靡な顔で肉棒をねぶる美女たちの痴態を思い出し、みるくは顔を赤くする。

「あ、あの……。おにいちゃん、あのエッチな本を見て、セクシーな女の人にオチ×ポを舐めてもらうのを想像して、興奮してたんだよね……」

　なかなか聞きにくいことをズバリと聞いてくるみるく。気恥ずかしくもあったが、しかし陣はみるくをその気にさせるべく、その問いに答えてやる。

「ああ。セクシーなオトナの女の口は、オマ×コに負けないくらいいやらしくて気持ちいいからな。チ×ポをしゃぶりザーメンを呑むたびに、女の口はセクシーな口マ×コになっていくらしいぞ。あの本の女優たちも、数えきれないくらい何度もチ×ポをしゃぶって、何発もザーメンを呑んだんだろうな」

「そ、そうなんだ……。だから、あんなにセクシーなんだ……」

信じやすいみるくに、陣はまた一つ歪んだ性知識を教えこむ。すると陣の狙い通り、みるくは決意を秘めた瞳で陣を見上げる。

「お、おにいちゃん。みるくに、フェラチオ、させて。みるくがセクシーなオトナの女の人になれるように、オチ×ポをおしゃぶりさせて、ザーメンを呑ませてほしいの」

「ああ、もちろん。俺はみるくにいつでも協力するよ」

狙い通りの展開に、陣は口端に浮かんでくる笑みを隠せなかった。一方、みるくは真剣に肉棒を見つめ、大きく口を開けて呑みこもうとする。しかしそうはいっても凶悪にそそり立つ肉塊に恐怖心もあるのか、すんでのところで顔を離し口を閉じてしまう。何度か繰り返すもどうしても咥えられず、涙目になるみるく。陣はそんなみるくの頭を優しく撫でてやる。

「みるく。いきなりは無理だよ。まずは、そうだな……。チ×ポに、キスしてくれないか」

「えっ。オチ×ポに、キスをするの？」

みるくが目をぱちくりさせる。

「ああ。まずはチ×ポに慣れないとな。それに、みるくとしたキスはすごく気持ちよかったから、もし敏感なチ×ポにキスしてもらえたら、もっと気持ちよくなれるかもな」

「そ、そうなんだ。……う、うん。わかった。オチ×ポに、キス、するね」

みるくは頷くと、両手で握った肉棒を傾け、亀頭を唇と同じ高さに合わせる。亀頭の先端は待ちきれぬとばかりにクパクパ開き、トロトロとカウパーを垂れ流している。

（ああ……。わたし、おにいちゃんのオチ×ポと、キス、しちゃうんだ。すごく、エッチな子になっちゃったみたい……。ファーストキス、ちゃんとおにいちゃんとできて、よかったな……）

もしこれが初めての接吻であれば、大きな抵抗を抱いたかもしれない。しかし先ほど、蕩けるほどに何度も唇を奪われたことで、みるくのキスへの抵抗感は薄くなっていた。むしろ、兄の性器に唇を捧げるという背徳感が、みるくの胸の奥をカァッと熱くする。

「おにいちゃん……ん……チュッ」

　おずおずと差し出されたみるくの唇が、亀頭にプニッと押し当てられる。みるくの柔らかな唇に、カウパーがトロリと付着する。

「んっ。気持ちいいよ、みるく。さあ、もっとたくさんキスして。チ×ポの先っぽ全部に、キスマークをつけるくらい」

「う、うん。……チュッ。チュッチュッ。チュゥッ」

　みるくの唇が、何度も亀頭に重なる。肉棒の熱がみるくの唇に伝わり、ジンジンと熱く痺れさせる。

「みるくの唇、カウパーまみれでネチョネチョになって、すごくエッチだよ。まるで本物のオマ×コみたいだ」

「やぁん。は、恥ずかしいのぉ……」

　見たことはないけど。と心のなかで付け加えつつ、陣はみるくの官能を煽る。みるくはぬらついた唇を薄く開き、艶かしい吐息を漏らした。

「みるく。次は、舌を出してみて。ペロペロッて、キャンディーを舐めるみたいに、亀頭全体を舐めまわすんだ」

「ふ、ふぁい。……んあ～……ペロッ」

　陣に言われるがまま、みるくは唇から舌を覗かせる。そしておそるおそる舌を伸ばし、亀頭の先をテロンと舐める。舌先に付着するカウパーと、広がる肉の味。

しかし一度濃厚な精液の味を味わっているだけに、大きな抵抗を抱くこともなく。むしろあの癖になるような強烈な味からすれば物足りなくすら思え、もっと濃厚な味を求めるかのごとく、無意識に舌を動かしてしまう。

「テロッ、チロチロッ。……ふぁ。わたし、舐めてる……。ペロペロッ、レロッ。おにいちゃんのオチ×ポ、舐めてるのぉ……んく、コクンッ。ふあぁ……」

みるくの小さな舌が何度も亀頭のまわりをなぞり、カウパーが唇だけでなく舌にもペチョリと付着してゆく。みるくは口内に溜まった唾液と一緒にカウパーを嚥下し、ほうっと官能の混じった吐息を吐き、そして再び亀頭に舌を伸ばす。

「う、くうっ。みるくのペロペロ、気持ちいいよ。みるくは昔から、キャンディー舐めるの大好きだもんな。昔はよく棒のキャンディーを舐めては、口のまわりをベトベトに汚してたよな」

「おにいちゃん、そんなこと思い出しちゃやぁん……チュッチュッ、レロッ」

子供の頃の話を引き合いに出され、みるくが恥ずかしそうに頬を染める。

「ふふ。これからはキャンディーの代わりに、毎日俺のチ×ポを舐めさせてあげるな。甘ぁいミルク味の代わりに、たっぷりとザーメンを呑ませて、みるくのかわいいおくちのなかをいやらしい味でいっぱいにしてあげるよ」

「ふあぁぁっ……ネロネロッ、そ、そんなの、エ、エッチすぎるのぉ～っ……ふあぁんっ」

これまでミルクキャンディーを舐めていた時間を、すべて肉棒へのおしゃぶりの時間に変えられてしまう。本当にそうするつもりではないだろうが、およそ一時間おきに兄の前にひざまずき肉棒をしゃぶり立てている自分の姿を想像し、みるくは瞳をトロンと潤ませてフルフルと肢体を揺すった。

たどたどしく稚拙な口愛撫ではあったが、みるくの唇と舌は、陣の肉棒に充分すぎるほどの快感をもたらしていた。なにより、陣自身もフェラチオは初体験なのだ。みるくの手前、余裕を持って振る舞ってはいるものの、今にも爆発しそうな欲求を抑えこむので手一杯であった。

もっと過激なフェラチオをさせたい。肉竿から玉袋までベロベロと舐めまわさせ、その愛らしい口に肉棒をズブズブと呑みこませて抜き差ししたい。そんな欲望は確かにあるが、これが初めてのフェラチオであるみるくにそこまで望むのは酷だろう。なにより、陣自身がそこまで射精を堪えられそうにない。

「くうぅっ。み、みるく。次は、亀頭をお口で咥えてくれ。無理に全部口に入れようとしなくていいよ。先っぽだけでいいから」

「は、はぁい」

陣に促され、みるくはおずおずと口を開く。何度もキスし、舐め上げたことで、亀頭への抵抗感はかなり薄れていた。みるくの口がゆっくりと亀頭を呑みこみ、やがてその唇が閉じられ、カリ首にプニュッと押し当てられる。

「うあぁっ。み、みるくが、俺のチ×ポを咥えてる。ああっ、唾液でヌメヌメのみるくの口のなか、あったかいよ。プニプニの唇がチ×ポに当たって、た、たまらないよっ」

「んぷっ、ふみゅぅ～……」

肉棒を咥えさせられ、唇や口内の感触を褒められる。胸に湧き上がる羞恥と悦びにみるくは恥ずかしそうにうめく。口いっぱいに広がる肉の味とカウパーの味。肉棒から立ち昇る肉の臭気は、口内だけでなく鼻腔や頭のなかにまで充満してゆく。

みるくは頭がクラクラするのを感じつつ、陣の肉棒をしっかり握り、口から亀頭を離さぬまま潤んだ瞳で陣を見上げる。

「さあ、みるく。そのまま亀頭をチュウチュウ吸うんだ。先っぽからカウパーを吸い尽くすくらい、亀頭をいっぱい吸い立てるんだ」

「ふわぁい。んちゅ、チュウッ……チュパチュパ、チュウゥ～ッ」

言われるがまま、みるくは亀頭を吸い立て始める。口内から酸素が失われ、唇がカリ首をムニムニと締めつけ、口内粘膜が亀頭にペトリと貼りつく。チュパチュパと吸い上げながら、溢れる唾液とカウパーをコクコクと呑み干してゆく。喉から食道まで、トロトロのカウパーが伝った部分がジンジンと疼いてゆく。

「くぅあっ。み、みるくっ、吸いながら、亀頭も舐めてくれっ。いやらしい音を立てながら、チュパチュパペロペロするんだっ」

「う、うんっ。……チュパチュパ、ペロッ。レロレロッ、チュチュゥ～ッ」

拙いながらも熱心な口唇奉仕に、陣の快楽はたちまち限界まで膨れ上がる。敏感な亀頭を覆い尽くしネットリと擦れる、唇、口内粘膜、そして舌。そして次の瞬間、陣の肉棒を根元から先端へ最高の快楽が走りぬける。

「くあぁーっ！　出るっ、出るぞっ。みるくの口に、口マ×コにっ、出るっ！」

ドビュッ！　ドビュビュッ、ブビュビュビュー ッ！

「んぷっ⁉　むぷっ、ふむむぅ～んっ！」

突如噴出した大量の精液に、みるくの小さな口が途端にパンパンに膨れ上がる。あまりの量に口端からブビュルッと精液がこぼれ、みるくは慌てて手で皿を作り、口から溢れ出る精液を受け止める。

（ふわぁっ、おくち、おくちがあついようっ。あついザーメンで、ビンカンになってるおくちのなかが焼けちゃうのっ。すごい味っ、すごいニオイィッ。みるくのおくち、おかしくなっちゃうのぉ～っ！）

開いた口にたっぷり注がれるのも強烈であったが、咥えたまま噴射されるのは、逃げ場がない分、それ以上に苛烈であった。口内をドロドロの熱い粘液で埋め尽くされ、みるくは頭のなかまでグチュグチュに溶かされていくような錯覚に陥る。

「くうぅっ！　みるく、呑めっ。ザーメンを呑むんだっ」

陣はみるくの頭を両手でがっちりとつかんで固定すると、みるくにそう命じ、自らは腰を細かく前後に揺する。敏感な笠裏を柔らかく弾力のある唇で擦ると、射精中の肉棒にさらにゾワゾワと快感が走り、尽きることなく精液が湧き出てくる。

「ふみゅみゅ〜っ。チュルッ、コクンッ。コク、コクッ、えほっ。チュパッ、ゴキュンッ。ぷあぁ」

みるくは熱く火照った唇をズリズリと嬲られながら、命じられた通りに精液を嚥下してゆく。時折むせながらも、懸命にコクンコクンと精液を嚥下するみるく。一部は鼻に入り、ツンとした刺激と共にジワッと瞳に涙が溢れる。しかしそれ以上に、熱いドロドロの粘液が喉を下り胃に溜まってゆく感触が強烈であった。

（ふあぁ……みるくのおくちも、喉も、おなかのなかも、おにいちゃんのザーメンでドロドロになってゆくのぉ。体が熱くて、たまらないよぅっ、ふぁっ、ふあぁぁっ！）

体奥まで兄に染め抜かれてゆく感触に酔いしれながら、みるくは全身をピクピクッと痙攣させる。みるくの閉じ合わされた秘裂から、淫蜜がプチュッと溢れる。みるくは精飲で、軽いアクメを迎えてしまったのだった。

「ふうぅ～っ」

長く盛大な射精を終え、陣が大きく息を吐く。みるくの口内からゆっくり亀頭を引き抜いてゆくと、唇に亀頭をムニュムニュッと擦られ、抜いた瞬間に尿道口に溜まっていた残滓がピピッとみるくの顔に飛び散った。

みるくは唇をしどけなく開いたまま、精飲の余韻に浸り、ぼんやりとへたりこんでいた。陣は立ち上がるとみるくの背後にまわり、その小さな体をギュッと抱きしめてやる。

「みるくのお口、すごく気持ちよかったよ。あまりに気持ちよすぎて、ザーメンが出過ぎちゃった。ごめんな。苦しかったろう？」

陣が謝ると、みるくはフルフルと首を横に振る。

「うぅん。おにいちゃん、わたしのために出してくれたんだもん。わたしの方こそ、いっぱいこぼしてごめんなさい」

手のひらの精液溜まりを見ながら、みるくが呟く。陣はみるくの頬に頬を重ね、小さな頭を撫でてやる。

「いいんだよ。俺がなにも言わなくてもこぼれた分をこうして手で受け止めたんだもんな。えらいぞ、みるく」

頭を撫でられつつ褒められて、みるくは嬉しそうに目を細める。重なった頬から伝わる温かさが心地よかった。

「さて。それじゃ、残りのザーメンを呑んだら、今日のオトナになるレッスンは終わりかな。ゆっくり風呂に入ろうか。みるくも疲れただろう?」

大量の射精を終え、ようやく欲望が引いてきたのか、陣がそう声をかける。しかしその言葉で、みるくはハッとする。一緒に入浴した際にしなければいけないことを、今の今まで忘れていたのだ。

「あっ。ま、待って、おにいちゃん。わたし、おにいちゃんに手伝ってほしいことがあるの」

「ん? どうした?」

「あ、あのね……。みるくのおっぱいを、マッサージしてほしいの」

恥ずかしそうにおねだりするみるくに、放出を終えて萎みかけていた陣の肉棒が、再びビクンと震えた。

毎晩兄と一緒に入浴していると電話で聞かされた真里は、最初はたいそう面食らっていた。しかし真里はこれを利用しない手はないと、いつもみるくが入浴中に一人で行っているバストマッサージを、兄に手伝ってもらうようにと告げたのだ。

『やっぱりオトコの手で揉んでもらった方が、女性ホルモンがたくさん分泌されると思うのよね～』

根拠はなにもなかったが、真里の狙いはマッサージの効果自体よりも、みるくがより兄と密接な関係になることであったため、口実はなんでもよかったのだ。

「本当にいいのか？」

「う、うん。男の人におっぱいを揉んでもらうと、えっと、ホルモンが出てきて、セクシーな体になれるんだって。だから、おにいちゃんにおねがいしたいの」

俯きがちで恥ずかしそうに、しかしはっきりとみるくは希望を口にする。本当に今日、みるくとこういう関係になれてよかったと、陣は心底思う。自分以外の誰かがみるくときっかけをつかんだならば、みるくの要望もエスカレートし、みるくの肉体はたちまち開発され尽くしてしまったかもしれない。それを任された自分は本当に幸運だったと、神に感謝せずにはいられなかった。

「わかった。みるくのおっぱい、たっぷり揉んであげるよ」

耳元で囁かれ、みるくはゾクゾクッと背筋を震わせた。

「そうだ。その前に……」

陣はみるくが手のひらで作った皿から指で精液を掬い取ると、指をみるくの口内に差しこみ、口のなかにネトネトと塗りたくり始めた。

「んぷぁっ。お、おにいひゃん？」

「みるくのくちマ×コがもっといやらしくなれるように、残りのザーメンを塗りこんであげるよ。くちマ×コをザーメンでグチュグチュにしたままおっぱいをたくさん揉まれるなんて、すごくいやらしくて、何倍も効果が出そうだと思わないか」

「しょ、しょんな……んぷ、えあぁ……」

みるくの返事を待たずに、陣はみるくの歯茎に、内頬に、上顎や下顎にまで指で精液を塗りつけてゆく。敏感な口内粘膜を、精液に塗れた兄の指で撫でまわされ、みるくは視線を宙にさまよわせてピクピクと肢体を震わせた。

「さあ、みるく。舌を出して」

「ふぁい。えろぉぉ～っ……。んひゅっ、ふひゅぅんっ！」

言われるがまま差し出した舌を、ムニムニと揉みたてながら精液を塗りこまれて、みるくはビクッ、ビクッと体を跳ねさせた。

「みるくは本当に敏感だな。そのうち、チ×ポを舐めるだけでイッちゃうようになれるかもな」

「ふあぁ……そんなぁ……いやらしすぎるのぉ……」

「ふふ。淫乱になったみるくも見てみたいけどな」

「い、いんらん……？」

初めて耳にする単語に、みるくが小首を傾げる。

「淫乱っていうのは、すごくエッチな女の人のことだよ。男のチ×ポが大好きで、男に愛撫、えと、体を触られたら、感じまくってイキまくっちゃうセクシーでエッチな体をした女のこと。フェラチオさせられただけでイッちゃったり、なかにはチ×ポの匂いを嗅いだだけでイッちゃう人もいるらしいぞ」

「ふわわ……そんなにエッチになっちゃうなんてぇ……。でも、おにいちゃん……そんなふうに、セクシーでエッチになったみるくの姿、見てみたいの……？」

頭のなかを興奮によるピンクの霧で包まれたみるくが、背後に首を向け、瞳を潤ませて陣に尋ねる。その愛らしくも淫らな雰囲気に満ちた、開花前の美しい花の蕾《つぼみ》に、陣はゴクリと唾を飲みこむ。

「ああ。見たいよ。セクシーでエッチで……淫乱なみるくを、見てみたい……」

陣が囁くと、みるくの瞳がますますトロンと蕩けウルウルと潤む。

「それじゃあ……おにいちゃん、みるくにもっと、エッチなことを教えて。みるくをおにいちゃん好みの、淫乱な女の子にしてほしいの……」

みるくの熱い囁きに、陣の全身が興奮でカッと燃え上がる。

「みるくっ！」

「きゃううぅんっ⁉」

　陣はみるくを背後からギュッと抱きすくめ、その乳房をグニッと揉み潰した。乳房から全身に飛び散った強烈な快感に、みるくは悲鳴を上げてビクビクッと体を震わせる。

「してやるよっ。みるくを俺好みの、フェラチオとザーメンが大好きで、イキまくりのエロエロボディをもった、淫乱オンナにしてやるっ」

　興奮のあまり、陣はみるくの口にした『おにいちゃん好みの』という言葉の意味すら考えられなくなっていた。ただ、目の前のみるくを散々に喘ぎ鳴かせ、自分だけのものにしてしまいたくてたまらなかった。

　陣は、大半を拭い取ったもののいまだ残滓が付着したみるくの手を、みるくの口元に当てさせる。そして自らは、みるくの背後からその豊かで柔らかな乳房を思うさま揉みしだき始めた。

「ザーメンを味わい、ザーメンの匂いを嗅がされながら、おっぱいを揉まれるのはどうだ、みるく。気持ちいいか？」

「ふみゅっ、ふみゅぅ～っ」

　意地悪く尋ねる陣に、みるくはけなげにも言われた通りに口を手で覆い精液の匂いで鼻腔を充満させながら、声にならない嬌声を上げる。

（ふあぁぁぁっ!!　おっぱい、おっぱいきもちいいっ！　自分でマッサージするのと全然ちがうのっ。おっぱいとろけちゃうっ。きもちいいのがなかからはじけちゃうのぉっ！）

精臭で充満しクラクラする脳裏に、一揉みされるたびに強烈な快楽が電流のようにビリビリッと走る。みるくはたちまち陣の乳房愛撫に溺れてゆく。

「気持ちいいみたいだな。体がプルプル震えて、甘い声が漏れてるぞ。それにしても、みるくのおっぱいは柔らかいな。指がどんどん沈んで、簡単に形が変わって。普通のプリンよりも遥かに柔らかいや。クリーム状のミルクプリンに手を突っこんでるみたいだ」

みるくの柔らかすぎる乳房は、軽く指を当てただけで指先をツプツプとめりこませる。少し強くつかんだだけで簡単にひしゃげて形を変え、そのたびにみるくの体内に強烈な快楽を溢れさせる。まるで芯がないかのようだ。

「みるくはセクシーになりたいんだよな。みるくのおっぱいはかわいい丸型だから、セクシーな流線型になれるように、俺が形を作ってやるよ」

「おにいちゃんっ、おっぱいいじめちゃ、んあぁっ、らめっ、はあぁぁんっ！」

陣は乳房の根元に手を当てると、搾り出すように先端へと向かって前に指を動かしてゆく。乳房の根元から先端へ快楽が走り抜けてゆくようで、みるくは背筋を仰け反らせプルプルと乳房を弾ませる。

　陣は何度も何度も根元から先端まで乳房を揉み出し、流線型を形作らせる。しかし乳輪から先には触れようとしない。やがて、みるくの薄桃色の乳輪に快楽がたっぷりと溜まってゆき、愛らしいピンク色の乳首が今にも弾けそうなほどにプクプクと膨らんでしまう。

「ふあぁっ！　おにいちゃぁんっ。みるくのおっぱい、変なのぉっ。さきっぽがうずうずして、おかしくなっちゃいそうなのぉっ」

「ああ、わかるよ。みるくの乳輪も乳首も、プックリ膨らんで今にも弾けそうだもんな。多分いま、みるくのおっぱいの先っぽには快感がいっぱい溜まってるんだ。……ここをギュッて思いきり摘んだら、どうなると思う？」

「ふわわ……そんな、そんなことしちゃったら……はあぁっ」

　なおも乳房を揉み出しながら尋ねる陣に、みるくは唇を震わせる。もしそうなれば、最初の一揉みの際に乳房から溢れ出したあの快感よりも、さらに強い刺激が全身を駆け巡るだろうことは想像に難くない。

「ふふ。つかまれただけでビクビク気持ちよさそうに震えてたみるくの敏感おっぱいだからな。このプクプクの乳輪とコリコリの乳首を揉み潰されたら……イッちゃうだろうな」

「い、イッちゃうの？　みるくのおっぱい、イッちゃうの？」

「ああ。イッちゃうだろうな。みるくはエッチなおっぱいでアクメするんだ。淫乱オンナみたいに、おっぱいが気持ちよくてたまらなくて、イクイクッてかわいく喘ぎながらおっぱいアクメしちゃうだろうな」

「ふあぁ……おっぱいアクメ……コクッ……みるくのどエッチおっぱい、淫乱アクメしちゃうのぉ……」

みるくの意識が乳房の先端に集中してゆく。思わず飲みこんだ唾の味は、口内に残った精液の味。みるくは自分がどうしようもなく淫乱な存在になってゆくような感覚に陥る。

「さあ。みるく、握っちゃうぞ。みるくのエッチな乳輪と乳首を、ギュギュッて握っちゃうぞ。いいか?」

手のひらを乳房の前半分に当て、そっと包みこむ陣。未知の快感に恐れおののくも、しかしその先に兄の求める自分の姿があると信じ、そして本能では訪れるであろう最高の快楽を求め、みるくはコクンと首を縦に振る。

「う、うん……。して……してほしいの……。みるくのおっぱいを、おにいちゃんの大好きな、淫乱などエッチおっぱいにして……おっぱいアクメ、させてください……」

みるく自らのけなげで淫らなおねだりに、陣の興奮が激しく沸き立つ。陣は欲情で胸をいっぱいにし、みるくの乳輪と乳首をギュムッと揉み潰した。その瞬間、これまでとは比べ物にならない快感が、みるくの乳房から全身へと駆け抜ける。

「ひあぁぁぁーーーっ⁉　いくっ、いくうぅぅーーーっ！」

みるくは背筋を仰け反らせ、大きく口を開け、絶頂の喘ぎをほとばしらせた。それは可憐な少女のものではなく、一匹の牝の喘ぎ。陣はますます興奮を煽られ、ギュムギュムと遠慮なくみるくの乳首と乳輪を揉み潰してゆく。

「ふあぁぁぁっ！　きもちいいっ、きもちいいよぉっ。みるく、おっぱいイッてるっ。おっぱいでアクメしてるのぉっ」

「みるくのおっぱいはトロトロに柔らかかったけど、乳輪はムニムニって弾力があるな。どっちも最高の感触だよ。それに、乳首はコリコリに硬くなってる」

「んあぁぁっ！　ちくび、ちくびダメェッ。気持ちよすぎてダメなのぉっ！」

いつの間にかみるくの両手はダランと垂れ落ち、しどけなく開かれた唇とぽっかりと開いた精液まみれの口が丸見えになる。口外に伸ばされた舌はヒクヒク震え、泡立った唾液と精液に塗れグチュグチュと淫靡にぬらついている。

「ふふ。みるくの敏感乳首、しごいてあげるよ」

「ひあぁっ！　ちくびっ、ちくびぃ〜っ。らめらめっ、おっぱいきもちいいっ。ちくびも、きもひいぃのおぉ〜っ」

快楽に身悶えるみるくにかまわず、陣はコリコリに尖りきったみるくの乳首をシコシコとしごき、攻め立てる。みるくの口は悦楽に開きっぱなしになり、唾液と精液の混合液がタラタラと淫らに垂れ落ちている。

「俺がしなくても、みるくのおっぱいは充分に淫乱おっぱいだったみたいだな。初めてでこんなに感じまくるなんて、いやらしすぎるぞ、みるく」

「ひぁっ、ち、ちがうよぉっ。わたし、自分でマッサージしても、こんなにきもちよくなんてなったことなかったもんっ。おにいちゃんが、してくれたからなのっ。おにいちゃんがわたしのおっぱいを、たくさんアクメしちゃう、どエッチな淫乱おっぱいにしてくれたのぉっ」

みるくの切ない訴えに、陣は胸が熱くなる。もちろんみるくの敏感すぎる肉体に充分すぎる素養があったのは確かであろうが、それでも、自分が施したからだと言われて悪い気がするはずもない。そしてみるく自身、ここまで自身が淫らになっているのは、陣が相手だからだと信じきっているようだった。

「そうか。俺がみるくのおっぱいを淫乱にしちゃったんだな。なら、俺が責任を持って、もっともっとイカせてあげないとな」

「ふあぁっ、イカされちゃうのぉ？　みるくのおっぱい、おにいちゃんの手で、またアクメしちゃうのぉ？」

「ああ、何度でもイカせてあげるよ。みるくのおっぱいも乳輪も乳首も、これから毎日何度でもイカせまくって、俺好みの淫乱エロエロおっぱいにしてやる」

（そして俺の手でしかイケない、俺専用のおっぱいにしてやるからなっ）

陣は心のなかでそう呟くと、みるくの両の乳首を摘み、ゴシュゴシュッと激しくしごきたてた。

「んはひぃぃ〜っ！　いくっ、いくぅーっ！　みるくの乳首、またアクメしてるのぉーっ！」

甲高い悲鳴を上げ、おとがいを反らして絶頂するみるく。陣はかまわず、コリコリに屹立したみるくの乳首をさらにしごきたて磨き上げる。

「くひぃぃぃっ！　いくいくっ、またいくぅっ！　乳首、イッてるのにまたイッちゃうのっ。みるくの乳首、イキッぱなしになっちゃうっ。どエッチなアクメ乳首になっちゃうのぉっ！　はひゅっ、いくっ！　みるくの淫乱乳首っ、アクメ乳首っ、いくっ、いくっ、いくうぅぅーっ！　ひあぁぁぁ〜〜〜んっ！」

その瞬間。みるくの瞳が焦点を失い、口外にまろび出た舌が限界までピーンと伸ばされピクピクッと痙攣する。股間からはプシャプシャと透明な飛沫が噴き出て、その小さな肢体がガクンガクンと痙攣した。

やがて、みるくは意識を失い、兄の背中にくたりともたれかかった。

「みるく？　……気を失っちゃったのか」

陣はみるくを起こさないように、背後から優しく抱きすくめつつ、みるくの顔を覗きこむ。みるくはとても幸せそうな、安らかな顔で気を失っていた。

「……なんでそんな幸せそうな顔してるんだよ、みるく。お兄ちゃん、おまえにいやらしいこと、たくさんしてるんだぞ。好きなヤツ以外の男にエッチなことをたくさんされてるのに、どうしてそんなに嬉しそうなんだよ……」

尋ねるも、返事は返ってこない。陣はやり場のない想いをぶつけようと、右手をみるくの顎に添えてそっと上向かせ、ぽっかりと開いたままのみるくの唇を塞ごうとする。しかし、みるくの口内は先ほど陣自身の手によって白濁を塗りこめられたままだった。

「かわいい口をザーメンで汚しちゃうような、悪いお兄ちゃんの前だっていうのに。本当に無防備だよな。それだけ俺のこと、信頼してくれてるのかな……」

呟くと、陣は口をモゴモゴさせて唾液を作り、みるくの口へとタラタラと垂らしてゆく。そして精液を拭い取り、代わりに唾液を塗りつけるように、みるくの口内を指で撫でまわした。みるくの口内が唾液と精液の混合液でブチュブチュと泡立つ。みるくはそれを、意識がないままコクンコクンと嚥下した。

改めて、陣はみるくの唇を唇で塞ぐ。そしてみるくを起こさないように、優しく優しく口内を舌で舐めまわしてゆく。若干の生臭さは残るものの、それ以上にみるくの口内は甘く感じられた。

「ふむぅ……ちゅぱ……うむぅん……」

意識がないまま口内を舌であやされ、みるくは心地よさそうに甘ったるい喘ぎを漏らすのであった。


みるくの唇をゆるやかに吸い口内を優しく舐めているうちに、すっかり陣の肉棒は硬度を取り戻していた。そして肉棒は今、ちょうどみるくのヒップの割れ目に収まっている。柔らかくもプリッと弾力に富んだヒップに挟まれ、なんとも心地よい。

陣はみるくの唇を塞いだまま、そっとみるくの下腹部に手を伸ばしてゆく。すべらかな腹部、小さく窪んだへそ、そしてみるくのコンプレックスである、ツルツルの無毛の恥丘。

「俺はこの方が好きなんだけどな……」

ぽそりと呟き、陣はみるくの下腹を手のひらで撫でまわした。そして陣はさらに手を下ろし、おそらく誰にも、みるく自身も触れたことがないであろう秘裂を、指先でそっと撫で上げる。

「んんっ……」

その瞬間、みるくがピクリと反応する。陣の指先は、クチュリと透明な液体で濡れていた。

「濡れてる……。みるく、やっぱり感じてたんだ。いつからだろう。胸を揉んだ時かな。それとも、チ×ポをしゃぶってた時か。いや、もしかしたら、キスしてた時にはもう……」

呟きつつ、陣は何度も縦筋の上で指を往復させる。ますますクチュクチュと潤みだす秘裂。しかし、その縦筋はピッチリと閉じ合わされたままだ。

「みるくのオマ×コ……見てみたいな……」

やがて陣はその好奇心を抑えきれなくなり、ゴクリと唾を飲みこむと、みるくの上体をそっとうつ伏せにバスマットの上に横たえる。眠りの深いタイプであるみるくは、まだ目を覚まさない。みるくは四つん這いで尻を高く掲げた状態で、陣の眼前に無防備に秘所を晒していた。

「これが、みるくのオマ×コ……」

陣は感動すら覚えながら、みるくの秘所を凝視する。ふっくらと柔らかそうな恥丘。ぽてっと膨らんだ大陰唇。その中心に走る一筋の亀裂。縦筋の周囲は、うっすらと透明な粘液で濡れている。

陣がチョンと指でつつくと、縦筋からクチュッと透明な蜜がにじみ出てくる。陣は縦筋の左右にそれぞれ親指を当て、クニッと左右に引っ張った。すると秘裂がわずかに広がり、鮮やかなピンク色の媚肉が覗くと同時に溜まっていた淫蜜がトロッと溢れ出る。

「みるくのオマ×コ、かわいいな……」

呟くと、陣は秘裂の狭間にそっと舌を伸ばし、ペロッと舐め上げた。

「ひぅんっ」

みるくの口からかわいい喘ぎが漏れる。しかし意識は戻っていないようだ。陣は舌に広がるみるくの味に不思議な感動を覚えながら、さらに舌を伸ばし媚肉を舐め上げる。ピラピラした小さな小陰唇を舌先でチョンチョンと突つき、真ん中にかすかに開いている膣穴に舌先を当てて、広げるようにクニクニと動かしてゆく。

「ひゃうんっ。んっ、んっ……ひぁぁんっ」

甲高い喘ぎをバックに、陣はみるくの膣穴をこってりと舐めつくす。みるくの媚肉が愛液と唾液でヌラヌラと照り光り、一本の縦筋が徐々に楕円形へと開花し始める。それでも、陣の肉棒が入るとは到底思えない小ささであったが。

一心に膣口をねぶっていると、やがて陣は包皮に包まれた小さな突起の存在に気づいた。

「これ、クリトリスか。みるくのって、こんなに小さいんだ」

陣はそっと、包皮の上からその肉真珠をつついてみる。

「んひゅうぅーっ！」

その瞬間、みるくが甲高い悲鳴を上げる。驚いて顔を上げる陣。しかし、みるくは四つん這いのまま動かず、その目も閉じられたままだった。

「気を失ったまま感じてるのか。みるくの体は本当に敏感だな」

あどけない少女に与えられたアンバランスな超敏感ボディ。陣は感心しつつ、再び唇を媚肉に寄せる。そして指先で包皮の上から淫核をクニクニと転がし、同時に舌でネロネロと媚肉を舐め上げつづけた。

「ふみゅっ！　んっ、んっ、んふぅっ。ひぅっ、ふむ、ひあぁんっ」

みるくが目を覚まさないのをいいことに、陣は気の済むまで、みるくの秘唇をこってりとねぶりまわした。

「……ふう」

やがて、陣はみるくの秘所から口を離し、指で唇に付着した愛液を拭う。気づけばみるくの尻は心地よさそうにピクピクと痙攣していた。快感に晒されすぎたせいか、尻の高さもだいぶ下がっている。そしてみるくの秘裂は、先ほどよりももうひとまわり、広がってしまっていた。

陣は己の肉棒を見下ろす。完全に勃起したそれは、先端からカウパーをとめどなく溢れさせ、今すぐにでも射精したいと訴えかけていた。

（みるくのオマ×コに、俺のチ×ポを……。みるくの初めてを奪って、子宮のなかまで俺のザーメンで染め抜いて……みるくを完全に、俺だけのものに……）

陣は肉棒を握り、腰を前に出す。そして潤んでいる小さな膣口に、そっと亀頭を当てる。みるくの尻が、緊張にピクンと震える。陣は大きく息を吸い、そして……。

「……やっぱり、ダメだ。できないよ……」

陣は肩を落とし、その場にへたりこんだ。眠っているみるくを犯し、その処女を無理矢理に奪うなど、できるはずがなかった。みるくを求める陣の気持ちは、狂おしいほどだ。だがしかし、みるくは陣の大事な、妹なのだ。もう二度と泣かせない。そう、あの日、たしかに誓ったのだから。

「おにいちゃん……」

その声に、ハッとして陣は顔を上げる。みるくは四つん這いのまま、こちらを心配そうに見つめていた。

「みるく。起きてたのか。いつから……」

「えっとね。あの……。おにいちゃんが、みるくのアソコを、ペロペロしてるとき。なんだかきもちよくて、目を開けたら、みるくのお尻の前におにいちゃんのお顔があって。それで恥ずかしくて、目を閉じてたの」

みるくは起き上がると、陣の前に向かい合いペタンと座る。

「おにいちゃん、今、みるくとエッチ……セ、セックス、しようとしてたの？」

「……ああ」

みるくの質問に、陣はうなだれたまま答える。次に、どんな非難の言葉が飛んでくるであろうか。陣は覚悟して、その時を待つ。しかし、みるくが発した言葉は、陣の予想外のものだった。

「それじゃ、その……やめちゃったのは、みるくのアソコ……オ、オマ×コが、子供っぽいから？　やっぱり、みるくのオマ×コがセクシーじゃないから、やめちゃったのかな……」

「なっ⁉　ち、ちがうっ！」

みるくのとんでもない勘違いに、陣は慌ててブンブンと首を横に振る。

「お、俺はただ、寝ている間にみるくの初めてを黙って奪うなんてダメだと思っただけだ！」

「ほ、ほんと？　わたしに魅力がないからじゃなくて？」

「そんなわけあるかっ。俺、みるくのオマ×コを舐めながら、今にもチ×ポが爆発しそうでずっとたまらなかったんだぞっ。今だって、みるくのオマ×コに入れたいって、こんなにビンビンで……あ……」

いかに自らが劣情を催していたかを熱烈に語ってしまい、我に返った陣は言葉につまる。一方みるくは、安堵に胸を撫で下ろしていた。

「なんだぁ。よかった〜。わたしに魅力がないからじゃなかったんだね」

「あ、当たり前だろ。だったら最初から舐めないよ」

「そっか。そうだよね。……えへへ」

卑猥な会話にそぐわない、あどけない微笑みを浮かべるみるく。陣もなんだか毒気を抜かれてしまう。

「あ、あの……おにいちゃん」

みるくはもじもじしながら、上目遣いで陣を見つめている。

「おにいちゃんは、みるくと……セックス、したいの？　みるく、まだ全然毛も生えてなくて、セクシーじゃないけど……でも、みるくとセックスしたいと思う？」

みるくは真剣な表情で、陣に尋ねてくる。みるくとしては、毛も生え揃いオトナのセクシーボディとなったら、その時初めて陣と結ばれる資格が生まれると思っていたのだ。まさかまだまだ子供っぽい今の自分をオンナとして求めてくれるなどとは、夢にも思っていなかったのだった。

「……ああ。俺、みるくとセックスしたい。みるくのかわいいオマ×コに俺のチ×ポを入れて、みるくと一つになりたい」

陣も真剣にみるくを見つめ、しっかりと頷いた。

「ふぁ……。う、うれしいよぅ……。おにいちゃんが、そんなふうに言ってくれるなんて……」

陣の言葉に感激し、みるくが瞳を潤ませる。そしてみるくは、陣に初めてを捧げる決心をした。

「おにいちゃん。みるくと、セックスしてください。みるくの、初めての相手になってください」

「……いいのか、俺で」

「うん。おにいちゃんがいいの。おにいちゃんじゃなきゃダメなの。だって……わたし、おにいちゃんに初めてを捧げるの、ずっと夢だったんだもん」

みるくがそっと目を閉じる。その時、陣はようやく気がついた。みるくが好きな男というのは、自分のことだったのだと。セクシーになりたいと言っていたのも、陣に一人の女性として見てほしかったからなのだと。

胸に湧き上がる喜びに突き動かされ、陣は手を伸ばし、みるくをそっと抱き寄せる。そしてその唇に、優しく唇を重ねた。

「みるく。場所、変えようか?」

「ううん。今がいい。このまま、してほしいの」

「そっか。……優しくするな。痛かったら言うんだぞ」

「だいじょうぶ。おにいちゃんが気持ちよくなってくれるなら、いくらだってガマンできるよ。だって、それが一番うれしいんだもの」

けなげに微笑むみるくを、陣はギュウッと強く掻き抱くのだった。


浴室の小さな椅子に腰かけた陣。みるくは陣の首にキュッと手をまわし、足も陣の腰にまわして抱きついている。こうしてみると、みるくの体は本当に小さく、軽い。

陣はみるくの腰を左腕をまわして抱き、その唇に唇を重ね、ねっとりと貪る。そして右手をみるくの股間に伸ばし、その縦筋がトロトロにふやけきるようにと何度も何度も指で優しく撫で上げた。

「んむ、チュパッ……アンッ。んっんっ、プチュッ、ひぅんっ！」

口内をねぶられ、秘裂をなぞり上げられて、みるくがかわいらしい悲鳴を上げる。胸板に押しつけられる豊かな乳房のぽよぽよした感触と、屹立した乳首のコリコリが心地よい。

陣はさらにみるくを抱き寄せ、その縦筋に沿って勃起した肉棒をピトリと当てる。トロトロと溢れ出る愛液が肉棒を濡らし、尿道口から溢れ出るカウパーと混ざり合って陣の肉棒がネトネトに濡れそぼる。陣はその濡れそぼった肉棒を縦筋に沿って軽く上下させ、みるくの秘唇をさらにほぐしてゆく。

「ふあぁ……みるくのアソコに、おにいちゃんのヌルヌルオチ×ポがヌチュヌチュッて擦れてるのぉ」

「オマ×コ、だろ」

「う、うん。オマ×コ……みるくの、オマ×コ。オチ×ポがズリズリするのがきもちよくて、みるくのオマ×コ、エッチなお汁が止まらないのぉ」

耳から淫語を流しこまれ、それを反芻して、みるくの愛らしい顔はすっかり悦楽に緩みきり、その瞳もますますトロンと垂れ下がる。そしてみるくの穢れを知らぬ乙女の秘壺もまた、愛する者を今すぐにでも受け入れられるようにと、たっぷりの蜜で硬さの残る媚肉を潤していた。

「みるく。そろそろ……いいか」

陣が最後の確認をすると、みるくは躊躇《ちゅうちょ》なく、コクンと頷く。

「うん。みるくを……オトナに、してください」

改めてみるくの決意を確かめた陣は、みるくの瞳を見つめ、しっかりと頷き返す。そして陣は右手をみるくの尻たぶに添え、その小さな体を軽く持ち上げる。左手は肉棒を支え、垂直に固定する。みるくは左手は陣の首にまわしたまま、右手を秘裂に添え、自らの指でクニッと左右にくつろげる。

陣の亀頭にみるくの媚肉が触れた瞬間、膣穴に溜まっていた愛液がトロッと垂れ落ち、待ちわびたと言わんばかりに媚肉が亀頭にムチュッとまとわりつく。

「くあっ！」

その瞬間、敏感な亀頭が柔らかくぬめった肉の感触に包まれ、全身を走り抜ける快感に一瞬陣の手から力が抜けてしまう。支えを失ったみるくの尻は重力に引かれて下に落ち、みるくの蜜壺に陣の肉棒がズブズブッと勢いよく呑みこまれた。

ズブブッ、ブチッ！

「はぐうぅっ！」

処女膜を突き破られて、破瓜の痛みにみるくはくぐもった呻きを上げ、その肢体を引きつらせる。だが落下の勢いは止まらず、処女膜を突き抜けた肉棒はさらに奥へと進み、間髪入れずに亀頭が子宮口をズンッと突き上げた。

「くひあぁぁぁーーっ⁉」

破瓜の痛みが引ききる前に子宮口を襲った強烈な刺激。痛みと未知の感覚が腹の底から溢れ出し、全身を駆け巡る。みるくは背筋を仰け反らせおとがいを反らし、その感覚をせめて口から吐き出そうと大きく口を上げて絶叫する。

「くうぅっ。みるく、ごめ、うあぁぁっ！」

結果として乱暴に処女を奪ってしまい、悶絶しているみるくを目の当たりにして、陣は咄嗟に詫びようとした。しかしその言葉はあっという間に快楽に呑みこまれる。子宮への衝撃にみるくの膣穴がギュギュッと収縮し、陣の肉棒をきつく締めつけたのだ。

「くあっ？　ダメだっ、みるく、で、出るうぅーっ！」

ドビュウッ！　ブビュブビュッ、ズブビュビュビュー ッ‼

「んひぃぃぃぃーーっ⁉　あっ、ふあっ、ひあぁぁぁーーーんっ‼」

再びほとばしるみるくの絶叫。しかしその音色は、痛苦に満ちた先ほどよりも、甲高くも甘い響きを含んでいた。

みるくの秘所をねぶりつづけて興奮の極地にまで達していた陣は、容赦《ようしゃ》ない蜜壺の締めつけに瞬く間に限界を超えてしまい、みるくの膣奥に灼熱の精を大量に浴びせかけたのだった。

「みるくっ、くぁっ。ダメだ、止まらなっ、くうぅっ」

「あひっ。ふぁ、オマ×コ、あつ、ひぅっ、ひゃふぅんっ！」

様々な感覚に翻弄され力の抜けきったみるくを、陣はギュウッと抱き寄せる。それにより、みるくの小さな蜜壺に、陣の長大な肉棒が奥までみっちりと埋めこまれてしまう。当然膣肉はなんとか押し戻そうと陣の肉棒をさらに締めつけ、結果的に肉壺からさらなる精の噴射を促してゆく。

「ひあっ！　あっ、は、ひあぁんっ！」

兄の肩に小さな頭を乗せたみるくは、子宮口に精液をバシャッと浴びせられるたび、小さな肢体をビクッビクッと跳ねさせる。

「くっ、うぅっ！　……ふぅ〜っ。……だいじょうぶだったか、みるく？」

長い放出を終え、陣は快楽の余韻に浸りながら、大きくゆっくり息を吐く。そして、全身を完全に弛緩させて陣にもたれかかっているみるくに尋ねた。

「ふぇ……ふぁ……はあぁ……」

しかし、みるくからは意味のある言葉は返ってこない。陣はみるくの後頭部に右手を添え、左手を左腋に当てて、みるくの上体を起こすとその顔を正面から覗きこんだ。

みるくの愛らしい顔は、完全に呆けきっていた。愛らしい瞳は潤みきって焦点を失い、口元は閉じられないほど緩みきり、ぬらつく口内から力なく垂れ下がった舌を小さく覗かせている。

膣肉を勢いよくこそぎ上げられながら破瓜の激痛を味わい、間髪入れずに子宮口を激しく穿《うが》たれ、そして子宮に何度も何度も熱い精液を浴びせかけられる。苦痛も快感も、そしてまだ快感と分類してよいかもわからない未知の感覚もがない混ぜになり、みるくは放心状態になっていた。

幸い、射精を終えたことで陣の肉棒は徐々に収縮を始め、腹の底から広げられるよ

うな感覚は収まっていった。代わりに、大量の粘液がじっとりと熱を持ちながらジクジクと染みこんでいく感覚が、膣穴いっぱいに広がってゆく。その感覚にみるくの体と、そして頭のなかまでもがトロトロに蕩かされてゆく。

処女を失い胎内を精液で染め抜かれたみるくの凄艶な呆け顔に、陣はブルッと体を震わせる。胸に広がってゆく、みるくのすべてを征服したという悦び。そして、もっともっと、この愛らしい美少女を体の奥底まで自分の色で染め抜きたいという想いが、ゾクゾクと湧き上がってゆく。

「みるく……。ムチュゥ……ネロ、レロォ……」

陣はみるくの両頬を挟むように手を添え、みるくの蕩けた口に唇を重ねる。舌を差しこみ、ネロネロと口内粘膜を舐め上げてやると、膣襞が反応しヌチュリと蠢いた。蜜壺のなかに収まったままの半勃ちの陣の肉棒が、そのねっとりとした感触にビクンと反応する。

陣はゆっくりと腰をまわし、白濁に濡れそぼった膣襞の感触を味わいつつ、みるくの口内を舌で舐めまわす。みるくは両手をダランと垂れ下がらせたまま、ふわふわと視線を宙に漂わせ、口内と膣内をねっとりと掻きまわされる感覚をただ呆然と受け止めていた……。

陣はみるくをバスマットの上に仰向けに寝かせ、その小さな体を覆いつくすように上からかぶさっている。もちろん唇は塞ぎ、肉棒は膣穴に埋めこんだままだ。

やがて肉棒が完全に硬度を取り戻した頃、頼りなくさまよっていたみるくの瞳もようやく光を取り戻しつつあった。

「んちゅ、ぷぁ……おにいちゃん……」

みるくに小さく名を呼ばれ、陣はゆっくりと重ねていた唇を離した。

「みるく。体の具合はどうだ？　オマ×コ、痛いか？」

「ううん。らいじょうぶ、らよ。オマ×コ、ジンジンひてるけど、いたくないよ」

みるくはしっとりと濡れた瞳で陣を見つめている。舌をねぶりすぎたせいか、若干ろれつがまわっていない様が、また愛らしい。

「ごめんな。初めてはもっとゆっくり優しくしてあげたかったんだけど」

「平気らよ。んく、コクンッ。おにいちゃんのオチ×ポがズブズブッて刺さって、おなかがブチッて裂けちゃうような感じがしたんだけど、その後おなかの奥がズンッて響いて。それから、おなかの奥に熱いのがバチャバチャッていっぱいかかって、そうしたらいつの間にか、痛いのかなんなのか、わかんなくなっちゃったの」

みるくは口内に溜まった唾液を飲み下すと、訥々《とつとつ》と破瓜《はか》から膣内射精までの様子を口にした。

「それで、頭も体もビリビリ～ッって痺れて、なんだか動けなくて。でもそれから、おにいちゃんがず～っとキスしてくれて。オマ×コのなかも、痛くならないように、オチ×ポでたくさん撫でてくれたから、今はもう痛くないよ。えへへ」

みるくが可憐に微笑む。ただ欲情に任せて唇を貪り膣襞の感触を味わっていたとは言えず、陣はポリポリと頬を掻いた。

「おにいちゃん。……みるくのオマ×コ、きもちよかった？　みるくとのセックス、どうだったかな」

「もちろん、最高に気持ちよかったよ。あまりに気持ちよすぎて、あっという間にザーメン出しちゃって。なかなか止まらなくて、みるくのちっちゃなキツキツオマ×コをザーメンだらけにしちゃったな」

「うん。すごくたくさん出てたの、感じたよ。……あ。せっかくあんなに出してもらったのに、ぜんぶこぼしちゃった……」

あれだけ大量に射精された精液も、陣の肉棒が硬度を取り戻した際に多くが膣内から押し出された。そしてグチュグチュと勃起した肉棒に掻きまわされているうちに残りの大半も掻き出されて、ほとんどが結合部から溢れ出てしまい、みるくの股を伝い床に流れ落ちていた。みるくが残念そうに、残滓のまとわりついた尻たぶを撫でる。

「気にするなよ。またたくさん呑ませてあげるからさ」

「うん。えへへ。うれしいな。」

陣に頭を撫でられて、みるくは嬉しそうに目を細めた。やがて、みるくは熱のこもった視線で陣を見上げる。

「おにいちゃんのオチ×ポ、みるくのオマ×コのなかで、またすごく大きくなってる……。おにいちゃん、もっとみるくとセックス、したいの？」

「あ、ああ。そりゃあしたいけど、でもみるくの体がな……」

「わたしなら平気だよ。おにいちゃんがみるくと、セックスしたいと思ってくれるなら……みるくも、おにいちゃんとセックス、したいの」

みるくは恥じらいつつそう告げると、陣の唇にそっと唇を重ねた。

「みるく……。俺、みるくとセックスしたい。もっともっとセックスしたい」

「うん……。しよう、おにいちゃん。セックス。セックス……」

陣が包み隠さず今の気持ちを打ち明けると、みるくはコクンと頷いて、その気持ちを受け入れた。

「それじゃ、みるく。動いてもいいか？」

「うん。わたし、どうすればよいかよくわかんないから、おにいちゃんのしたいようにしてみて」

陣はみるくに確認を取ると、みるくの膣穴からゆっくりと肉棒を引き抜いてゆく。

みるくの膣襞は離れたくないと肉棒にすがりつくも、亀頭の笠によってゾリゾリと引き剝がされてしまう。

「くうぅっ。みるくのオマ×コ、チ×ポに絡みついてくるっ。たまらないっ」

「わ、わたひもっ、ひうぅっ。おにいちゃんのオチ×ポに、おなかがなかから引きずり出されていく感じがするのっ。ゾクゾクッて、変な感じなのぉっ」

陣は快感に耐えながら、亀頭の笠が膣口に引っかかるところまで引き抜いた。膣奥に溜まっていた精液が、カウパーや愛液、そして少量の破瓜の血と混じって、ドロリと掻き出される。陣の肉棒は様々な液体でドロドロに汚れていた。

今度は、陣はゆっくりと肉棒を膣奥へと押し進める。肉棒が抜けていったんはピッチリと閉じ合わされた小さな膣穴が、再び侵入者によってムリムリと割り裂かれる。

「んあぁぁっ。オチ×ポが、みるくのおなかのなかに、ズブズブ入ってくるのぉっ。くるひぃのと一緒に、ゾワゾワッてなにかが広がってくるぅっ」

膣奥から広がる感触に、みるくは腰を浮かせて身震いする。そして再び、みるくの膣穴は肉棒をぐっぷりと奥まで咥えこみ、膣壁は限界までミチミチと広げられた。

「どうだ、みるく。これを繰り返すんだけど、大丈夫そうか？」

「う、うん……。おなかのなかが、引っ張られたり押しこまれたりで、変な感じだけど……。でも、おにいちゃんは、きもちがいいんでしょう？」

「ああ。みるくの熱くてトロトロのオマ×コ肉にチ×ポをたくさん締めつけられて、たまらなく気持ちいいよ。こんなに気持ちいい感覚、今まで味わったことがないや」

抜き差しの間、謎の感覚に耐えながら陣の顔を見つめていたみるくは、陣が蕩けそうに心地よい表情を浮かべているのを目の当たりにしていた。そして今、陣は言葉でも快感を得ていたと教えてくれた。

セクシーとはほど遠い自分の体でも、兄が充分に快感を得てくれている。それがみるくには嬉しかった。

「なら、つづけて。みるく、おにいちゃんにもっと、きもちよくなってほしいの」

「ありがとう、みるく。それじゃ、つづけるな」

陣は改めて、ゆっくりと抽送を開始する。肉棒に絡みつく膣襞をじっくりと引き剝がしてゆく感覚は快美ではあるがもどかしい。勢いよく抽送すればより強い快感が得られるのであろうが、陣は自分を律して、じっくりとした抽送をつづける。

みるくは引き抜かれる際には目をつぶり陣の胸に頭をつけ、そして突き入れられるとおとがいを反らして体を震わせる。結合部からはズチュッ、ズチュッと肉が擦れる汁気たっぷりの淫靡な音が漏れ聞こえる。

「んっ、んっ……あっ、はぁっ……ふぁっ、あぁんっ……」

みるくの愛らしい嬌声を聞きながら、陣は腰を前後させつづける。何度も何度も抽送をつづけるうちに、締めつけの強い媚肉が、少しずつではあるが柔らかくほぐれ始める。みるくの嬌声も、徐々に甘い響きを増してゆく。

やがて陣の抽送は、ゆったりとした一定のリズムを刻み始める。膣襞を引っ張られ、押しこまれる感触も、波のようにみるくの体に何度も染み入ってゆく。肉体は徐々にその感覚に慣れ、強張《こわば》りも取れてゆく。

「あっ、あんっ。あんっ、はぅっ。ふぁっ、ひあぁんっ」

みるくは体を引きつらせることもなくなり、天井をぼんやりと見つめて、肉襞がひと擦りされるたびに唇からかわいい喘ぎを上げる。力の入っていた口元も徐々に緩み、いつしかぽっかりと開いたまま、熱い吐息を漏らしつづける。

「んっ。みるく、もうそんなには痛くなくなったみたいだな」

「あんっ。そ、そうかな。まだ、オチ×ポがこすれるたびに、オマ×コがヒリッとするけど、でも……。ふあぁっ。同時に、熱い感じがジンッって広がって、なんだか変な感じなの、ふあぁんっ」

おそらくそれは快感の芽生えなのだろうが、みるくはまだそれをどう処理してよいのかわからないようだ。

「それは多分、気持ちよくなってるんだよ。何度もセックスをすれば、必ずその感覚を気持ちよく感じられるようになるはずだよ」

陣は抽送をつづけながら、みるくの耳元に囁く。それは多分に陣の願望を含んではいたが、しかし当たらずとも遠からずであった。そして素直なみるくは、兄の言葉を正解として受け止める。

「そ、そうなんだ。あんっ。これが、セックスのきもちよさ、なんだね、おにいちゃん、ひあぁっ」

謎の感覚への疑問が氷解することで、みるくの肉体はその感覚に対する恐れをなくし警戒を解く。素直にその感覚を受け入れてみれば、それは途方もない熱さと全身への甘い痺れ、そしてふわふわとした高揚感を生み出しているのに気づく。

みるくの眉根から徐々に険が取れてゆくのを見た陣は、心配も薄れ、みるくの膣穴の感触を味わうことにより集中できるようになる。汁気たっぷりのヌトヌトの肉穴に、肉棒を何度も出し入れする感覚は、たまらなく気持ちよかった。己の最も敏感な部分に濡れた媚肉があらゆる角度からまとわりついてくる様は、なににも代えがたい心地よさであった。

「ああっ。みるく、気持ちいいよっ。みるくのオマ×コ、アツアツでネトネトで、それなのに俺のチ×ポをキュウキュウッてたまらなく締めつけて。気持ちよすぎて、腰が止められないよっ」

「んぁっ、ふあぁっ……。おにいちゃん、そんなにきもちいいんだ……」

これまで聞いたことがないほどの、兄の心地よさそうな声音。みるくの胸に、兄を快楽で蕩けさせているという喜びがいっぱいに広がってゆく。

「俺、心配だったんだ。みるくの体、ちっちゃいから、痛がってセックスできないんじゃないかって。でも、くぅっ、みるくのオマ×コは痛みをそんなに感じないみたいだから、本当によかったよ」

「わたしも、あんっ、おにいちゃんに心配かけずにすんで、よかったのっ。だから、おにいちゃん、ふあぁっ。遠慮しないで、みるくのオマ×コでたくさんセックスしてえっ」

みるくの言葉と同時に、膣奥からトパッと愛液が溢れ、膣肉は肉棒をキュキュッと優しく締めつけた。

「くううっ！　みるくのオマ×コが、また気持ちよくなったぞっ。初めてのセックスで、ここまで気持ちよくなれるだなんてっ。俺のチ×ポとみるくのオマ×コは、よっぽど相性がいいのかな。それともっ、みるくのオマ×コは処女なのにチ×ポを気持ちよくできる、最高のエロエロマ×コだったのかなっ？」

「ふえぇっ？　え、エロエロマ×コじゃないようっ。きっと、あんっ、わたしとおにいちゃんの相性がよかったんだもんっ」

陣の質問に、みるくは羞恥に顔を真っ赤にしてそう答える。実際には、陣の言った通り、二人の肉体の相性がよい上に、みるくの膣は類まれなる名器となる素質も秘めているのだろう。

「ということは、みるくのオマ×コがエロエロになったら、もっと気持ちよくなるってことだよなっ」

「えっ？　あ、あれっ？　あ、あんっ！　そ、そうなの、かな？」

肉壺をこすられつづけながらそう言われて、みるくは混乱してしまう。

「ああ、きっとそうだよっ。くあっ、みるくっ。これから毎日、いっぱいセックスしような っ。みるくのオマ×コがセックスで感じられるくらいエロくなったら、俺のチ×ポももっともっと気持ちよくなるはずだからっ」

陣もまた、快感でいっぱいの頭に思いついたことをただ口にしているだけなので、自分がなにを言っているのかよくわかっていない節があった。

「ふあぁっ。そ、そうなのっ？　みるくのオマ×コ、たくさんセックスすると、エロエロになっちゃうの？　おにいちゃんはその方がうれしいの？」

「もちろんだよっ。俺のチ×ポも、みるくのオマ×コも、どっちも最高に気持ちよくなれたら一番いいに決まってるよっ。だから、いっぱいセックスするぞっ。どんなセクシーなオトナの女にも負けない、最高のエロエロマ×コになれるように、これから毎日セックスしまくるんだっ」

兄にそう力強く宣言され、みるくはよく理解できていないながらも頷いてしまう。いつしか抽送は速度を増していたが、兄の極度の興奮を間近で感じているうちに、抽送による痛みは愛される多幸感に包みこまれて感じられなくなっていた。

「う、うんっ。おにいちゃん、あんっ、みるくと、たくさんセックスしてっ。みるくのオマ×コを、はぁんっ、セクシーなオトナマ×コにしてぇっ」

「ああっ。してやるぞっ。みるくのちっちゃくてかわいいオマ×コに、毎日チ×ポをズボズボハメてセックスしまくって、くあぁっ、エロエロな淫乱マ×コに変えてやるっ」

「ふあぁっ！　してっ、してしてぇっ！　みるくのお子さまマ×コを、どエッチなセクシーオマ×コにしてぇっ。おにいちゃん好みの、エロエロ淫乱マ×コにしてぇ～っ！　ふあぁぁぁ～っ」

卑猥すぎる自らの言葉に煽られ、みるくの頭が興奮で沸騰する。肉体もまた反応し、陣の肉棒をギュギュウッと強烈に締めつけた。

「くあぁぁっ！　で、出るっ！　だ、出すぞ、みるくっ。うおぉぉっ！」

陣はみるくの小さな体をムギュッと抱きしめ、肉棒を小さな膣穴の奥の奥、限界にまではめこむ。子宮口になかばめりこむ形で埋まった亀頭が、射精の予兆にブワッと膨れ上がる。

「ひぐうぅっ！　だ、だひてっ！　おにいひゃん、みるくのオマ×コで、きもひよくなってぇっ！」

みるくは体の芯まで貫かれる感覚に惑乱しながら、それでも陣の体に必死でしがみつき、陣の腰に足を絡め、兄の絶頂を願う。そして。

ブビュルルッ！　ドビュッ、ズビュビュビュビュビューーッ！

「ひあぁぁぁぁぁぁぁぁ～～～～んっ⁉」

敏感すぎる子宮口にバチャバチャと灼熱の粘液を浴びせられ、みるくはビクンビクンと体を跳ねさせながら、その愛らしい唇を限界まで広げて絶叫をほとばしらせた。

「ぐうぅっ、みるくっ、出る、まだ出るぞっ。みるくのマ×コに、ザーメンドパドパ出まくってるぞっ！」

陣は体を丸め、みるくの体が潰れてしまいそうなほどに密着して肉棒で限界まで膣穴の感触を味わい、長い長い射精をつづける。みるくの顔は陣の胸板にムギュッと押しつけられ、ひしゃげた鼻に兄の汗まみれの体臭が流れこんでくる。

「ひゃうぅ……みるく、つぶれちゃうよう。スンスン……ふあぁ。頭のなか、おにいちゃんのニオイで、いっぱいぃ～。オマ×コは、おにいちゃんのザーメンで、いっぱいなのぉ～……」

男の臭気に脳髄を焼かれながら体奥に精液を浴びせられつづけ、みるくの瞳は宙をさまよい口は半開きになる。その強烈過ぎて快感と呼んでよいかもわからない感覚に晒されつづけて、みるくはただビクビクと体を痙攣させた。

やがて、今日四度目だというのに呆れるほど長く大量となった射精が終わる。しかし陣は、みるくを抱きしめたままじっと余韻に耽っていた。

みるくもまた、大きすぎる奔流に呑みこまれて指先すら動かす気力もなくなって、体を投げ出してじっとしていた。全身を包む兄の熱と体臭。そして胎内いっぱいに広がる精液の熱い感触。

（ふにゅぅ……。みるくのなかぜんぶ、おにいちゃんがいっぱい……。みるくのぜんぶ、おにいちゃんの一部になっちゃったのぉ……。うれひぃよぉ……）

みるくの成熟しきっていない肉体は、その感覚をまだ快感とは認識できず。しかしそれを途方もないほどの幸福として受け止め、みるくの胸をいっぱいに満たしていったのであった。

ぺろぺろ4 お目覚めはイラマチオ!?

陣とみるくは、二人一緒に湯船に入り、仲良く温まっていた。みるくの小さな体は、陣の足の間にすっぽりと収まっている。

しかし、よほど疲れているのか、みるくはすぐにうつらうつらし始めた。

「みるく。お風呂で寝ると、風邪引いちゃうぞ」

「ふぁい。……むにゅ」

陣がたしなめると、みるくは眠そうな顔で返事をする。しかし、その首はカクンと落ち、すぐにまた船を漕ぎ出した。


みるくに二度目の膣内射精をした後も、二人はしばらく抱き合ったままでいた。このまま何度でもみるくを求めたいという思いはあったものの、胸の下で放心状態のみるくを見て、陣は今日はここまでにしようと決める。焦らずとも、この先何度でもみるくと体を重ねる機会はあるのだ。

陣は体を起こし、ゆっくりと半萎えの肉棒を引き抜く。そしてみるくを抱き起こし、椅子に座らせた。みるくは気の抜けた顔をしていたが、それでもなんとか自力で体と髪を洗い終えた。しかし、湯に浸かった瞬間、疲れが一気に出てしまったようだった。

湯船のなかで完全に寝入ってしまったみるく。陣はみるくが顔から湯のなかに突っこまないように、その小さな頭を自分の胸にもたれかけさせた。

「みるく、今日はお兄ちゃんのために、たくさん頑張ってくれたもんな。ありがとうな」

陣はみるくを背後から優しく抱きしめ、その頬にそっとキスをした。みるくは一瞬頬を嬉しそうにほころばせ、そしてすやすやと寝息を立て始めたのだった。

陣はみるくを抱き上げて風呂を出ると、洗面所で椅子に座らせ、体と髪を拭いてやる。そして着替えようとして、はたと気づく。自分は風呂を洗った後、着替えを取ってきて脱衣所に置いたものの、みるくは居間から引っ張ってきたため、着替えがなかったのだ。仕方なく陣は自分だけ寝巻きに着替えると、もう一度みるくの小さな体を全裸のまま抱き上げ、みるくの部屋へと運んだ。

その部屋は、愛らしい小物やキャラクターグッズでいっぱいの、いかにもみるくらしい、なんともかわいらしい部屋だった。何度か室内を覗いたことはあるものの、改めて眺めるのは初めてで、みるくをベッドの上に寝かせた後、ついつい周囲を見まわしてしまう。

しかしみるくが全裸であることを思い出し、陣は慌てて着替えを探した。幸い、タンスのなかは整然としており、すぐに着替えを見つけることができた。並んだ下着に興味を惹かれつつ、陣は首を振って邪念を払い、ピンクのパンティとパジャマを取り出すと、眠ったままのみるくに着せていく。ブラジャーを手にしなかったのは、つけられる自信がなかったからだ。

「……ふう。よし。それじゃ、おやすみ。みるく」

みるくの着替えを終え一息吐くと、陣はみるくの柔らかな頬に唇を軽く重ね、部屋を出ていこうとした。しかし立ち上がろうとした時、みるくにキュッと手首をつかまれてしまった。

「おにいちゃん、行っちゃやだ……。いっしょに寝て……?」

驚いて陣が見つめると、みるくは意識があるのかないのか、トロンとした瞳で陣を見つめていた。しかしその手は、しっかりと握った陣の手首を離そうとしない。振り払うこともできず、陣はポンポンとみるくの頭を撫でてやる。

「わかったよ。今日は、みるくの隣で寝るから」

「うん……。えへへ……」

みるくは頬を緩めると、瞳を閉じ、再びスウスウと寝息を立て始めた。陣は約束通り、みるくの隣に横たわり、毛布を自分とみるくの体を包むようにかけた。鼻先に、みるくの甘く柔らかな匂いがふんわりと広がる。

その匂いは、わずかに陣の男の本能を起こしかけたものの、しかし陣もまた今日は色々あって疲れきっていた。欲情よりも安らぎを感じながら、陣はみるくの隣で目を閉じる。

「おやすみ……みるく……」

みるくの寝顔を見ているうちに、気づけば陣もまた寝息を立て始めたのだった。


先に目を覚ましたのは陣であった。隣で寝息を立てているみるくを起こさないように静かに上体を起こすと、いまだ自分の手首をつかんだままのみるくの手を、そっと外した。

ひどく喉の渇きを覚えた陣は、静かにみるくの部屋を出て、階下に降りる。冷蔵庫から水の入った五百ミリペットボトルを取り出しラッパ飲みすると、乾いた喉を冷水が心地よく通り抜け、全身にヒンヤリとした感覚が行き渡ってゆく。

陣は水を飲みながら、みるくの部屋に戻る。そしてみるくのベッドに腰かけ、寝起きのぼんやりした頭でみるくの寝顔を見つめた。

昨日のことは夢だったのではないか。そんなふうに思うものの、みるくの隣に自分が寝ていたのは事実。そして、あの出来事を決して夢にはしたくない自分もまた、確かにいるのだ。

「みるくが俺のことを、男として思ってくれていたなんて……。俺のために、セクシーになろうって、色んなことを考えてくれていたんだな」

陣はみるくの髪を優しく撫でつつ、小さく呟く。みるくの想いに、胸が熱くなる。そしてその熱は、本当の兄妹になったのだからと胸にしまっていた気持ちの封印をも溶かしてしまった。

「みるく……。俺も、みるくが好きだ。セクシーになんてならなくても、今のままの、かわいいみるくが大好きだよ」

陣はそっと囁き、みるくの頬に頬を重ねた。みるくはスヤスヤと寝息を立てたまま、それでもわずかに頬をほころばせたように見えた。

「……でもなぁ。せっかくみるくがセクシーになろうって努力してるのに、いまさら嘘でしたっていうのも、努力が無駄になっちゃうようでかわいそうかもな」

陣はふと、そんなことを考える。陣のためにいじましく努力するみるくの姿は、たまらなく愛おしい。また、この愛らしい少女がどんなふうにセクシーに成長するのか、見てみたい気持ちも確かにある。そして、なにより。

「みるくがセクシーになりたいと思っているうちは、色々いやらしいこと、できるんだよな……」

みるくが昨夜、陣の前で見せた様々な痴態は、すべて兄の理想であるセクシーな姿へとなるためであった。どうやらみるくは、今のままでは陣は自分を一人の女として本当に好きになってはくれないと、そう思いこんでいる節があった。もちろんそんなことはないのだが……。

「……みるく。俺は、悪いお兄ちゃんだな。ごめんな。でも俺、みるくとエッチなこと、もっといっぱいしたいから……嘘、ついちゃうな」

呟くと、陣はみるくの唇にそっと唇を重ねた。陣は、決めたのだ。本心は隠したまま、セクシーな大人の女に惹かれてしまう、そんな兄でいつづけようと。そうすればみるくは自分を頼り、いつかセクシーな女性へと生まれ変わるためにと、様々なことを受け入れてくれるだろう。

少し胸は痛んだが、エッチなことに一所懸命な昨夜のみるくがあまりに愛らしく魅力的で。陣はみるくのそんな姿をもっと見ていたくてたまらずに、小さな嘘をきつづけることに決めたのだった。

これからも、みるくとエッチなことをしつづけよう。そんなことを考えながらみるくの愛らしい寝顔を見つめていると、陣の胸はムラムラが抑えられなくなってゆく。すでに朝の生理現象で屹立している肉棒にも、さらに血流が集まり頭がクラクラし始めた。

「そういえばみるくも、昨夜からなにも飲んでないんだよな。喉、渇いたろう。水、飲ませてやるな」

陣はペットボトルに口をつけ口内に冷水を流すと、それを含んだまま、みるくの唇に唇を重ねる。そして舌先でみるくの唇をわずかに割り開くと、その隙間から冷水を流しこんでやった。

「……ん……ふぁ。……コクン」

渇いた口内を潤す冷水に、みるくの頰がわずかに緩む。みるくは眠ったまま、喉をクビリと動かして冷水を嚥下した。それを見てとった陣は、再び口に冷水を含み、みるくの口に流しこむ。何度も何度も繰り返すと、みるくの寝顔は心地よさそうに蕩け、その口内もしっとりと潤い始めた。

「みるくの口のなか、もっとたくさん濡らしてあげるな」

陣は口に水を含むとしっかりと舌を濡らし、その濡れた舌でみるくの唇を舐め上げる。テラテラに濡れ光るまで唇を舐めまわすと、今度は口内に舌を送りこみ、口内粘膜をネチョネチョと舐め潤してゆく。

「んっ、んっ……んちゅ、んぷ……。……コクン……ふぁ」

みるくは無意識のまま、口内をねっとりと舐めまわされ、唾液の混ざった水をコクンコクンと嚥下してゆく。ペットボトルが空になった頃には、みるくの唇はすっかり半開きになり、口内は唇同様にテラテラと濡れ光る淫肉へと変えられていた。

陣はみるくの唇から唇を離すと、満足げな笑顔を浮かべつつ手で口を拭う。そしておもむろに寝巻きのズボンとパンツを一緒に脱ぐと、はりきれんばかりに勃起した肉棒を取り出した。

「みるくとのキスで、俺のチ×ポ、こんなに興奮しちゃったよ。ほら、わかるだろう?」

呟きつつ、陣はみるくの顔にまたがり、その鼻先に亀頭を突きつけた。濃厚な雄臭を鼻腔から流しこまれ、みるくの眉がピクンと震える。

「みるくのかわいい顔に、チ×ポの臭いを染みつけてやるぞ」

陣は左手でみるくの頭を固定すると、みるくの顔に肉幹を擦りつけてゆく。スベスベの肌が肉幹を擦る心地よい感触に、尿道口からカウパーが溢れ、みるくの額や頬をネトネトと汚す。ずっしりと垂れ下がった玉袋が鼻にペチペチと当たり、みるくの小鼻がピクピクと震えた。

存分にみるくの愛らしい顔の感触を堪能し、陣は肉棒を離す。眠りの深いみるくはいまだ目を覚まさないものの、その顔は興奮で桃色に彩られ、口元はさらにしどけなく蕩けていた。

「さあ、みるく。朝一番の濃厚ザーメンを呑ませてやるぞ。いっぱい呑んで、セクシーになろうな」

陣はそううそぶくと、みるくの口内にヌプヌプと肉棒を挿入していくのだった。


始めは冷たい液体が口内を潤してゆくのをうっすらと感じた。次いで、柔らかくぬめったなにかが口内をねっとりと心地よく這いまわった。そして今。驚くほど熱い、硬いなにかが口内にねじこまれ、口内粘膜をゾリゾリと擦り上げている。

ゆっくりと目覚めてゆく意識のなかで、口内の感触の変化をぼんやりと感じつづけていたみるくは、ようやく目を覚ます。

「……んむ？　ふむむーっ⁉」

そして、不可思議な状況に混乱し、くぐもった声を上げた。

「おはよう、みるく。やっとお目覚めか。みるくは本当に寝ぼすけだなぁ」

頭上から降り注ぐ聞き慣れた声に、みるくは視線を上へ向ける。そこでは、兄がニッコリと笑顔を浮かべていた。

「おにい、ひゃん？　なにひてりゅのぉ？」

口がなにかに塞がれたままで、言葉がうまく出てこない。顔も挟まれていて動かせなかった。みるくは視線だけを動かし、状況を確認する。

兄は、みるくの顔の上にまたがっていた。その太股で、みるくの顔は挟まれ固定されているようだ。そして口に入っているのは……。

（お……オチ×ポッ。わたし、おにいちゃんのオチ×ポ、咥えちゃってるよぅ）

みるくは目を白黒させた。確かに今、みるくは兄の肉棒を咥えさせられているのだ。

その事実を認識した瞬間、頭のなかに昨夜の記憶が濁流のようによみがえってくる。

昨夜、みるくは兄の部屋にこっそり入っていたところを見られてしまい、精液を呑ませてもらう約束をし。大好きな兄とファーストキスをして、そして……初めて、体を重ねたのだ。

みるくの愛らしい顔が、カァッと真っ赤に染まってゆく。陣はその場から動かぬまま、みるくの頭を優しく撫でた。

「思い出したみたいだな、みるく。昨日は、すごくかわいかったよ」

兄の言葉に、みるくの顔がますます赤くなる。しかし、昨夜の記憶は取り戻したも

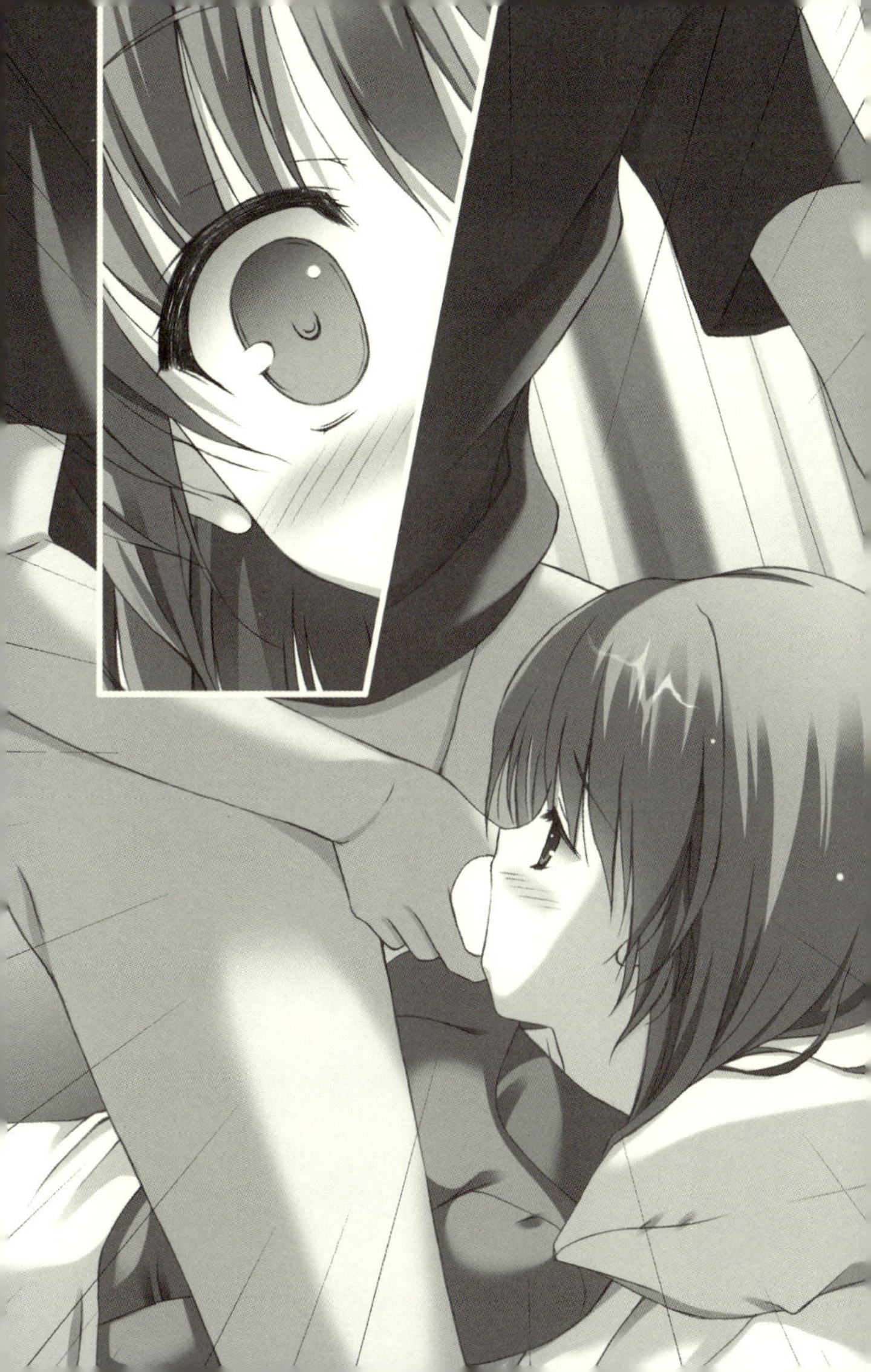

ののの、みるくはなかなかこの状況が呑みこめずにいた。肉棒を咥えさせられたまま頭にハテナを浮かべているみるくに、陣が説明を始める。

「昨日、俺はみるくがセクシーになるための手伝いをするって約束しただろう。そしてそのために、これから毎日みるくにザーメンを呑ませてやる、ってさ。ところでみるくは、朝立ちって知ってるか？」

陣はそういうと、みるくの口内に収まっている肉棒を軽く揺する。記憶のなかを探ったみるくだったが、思い当たらず小首を傾げる。といっても、陣の太股で頭を固定されていたため、実際には首はわずかしか傾かなかったが。

「男は朝になると、チ×ポがビンビンに勃起するんだよ。生理現象だな。で、せっかくだから、朝一番の濃厚ザーメンをみるくに呑ませてあげようと思ったんだ。でも、みるくがなかなか起きないからさ。こうして起きるまで、口マ×コを使わせてもらってたんだ」

口マ×コを、使う。その言葉に、まるで自分が兄の所有物になってしまったようで、みるくの背筋にゾクゾクと震えが走る。

「もしみるくがいやなら、今すぐにここからどくよ。でもみるくが呑みたいなら、このまま口マ×コを犯して、たっぷりとザーメンを呑ませてあげる。どうする？」

兄から向けられた、淫靡すぎる選択。寝起きの頭は、まだ夢を見ているようで。みるくは混乱したまま、兄の提案を受け入れてしまう。

「……みゆくの、おくひマ×コに……ザーメン、のまへてくらひゃい」

みるくは不明瞭ながらそう口にし、コクンと小さく頷いた。

「ふふ。みるくならそう言ってくれると思ってたよ。それじゃ、たっぷりザーメンが出るように、みるくのかわいい口マ×コをいっぱい犯してやるからな」

陣は嬉しそうに笑うと、みるくの頭を両手でつかみ、腰を前後させて口内の肉棒を抽送し始めた。

（ふあぁっ。お、犯されてるっ。みるくのおくちマ×コ、おにいちゃんのおっきなオチ×ポで、ズポズポッて犯されちゃってるのぉっ）

再び背筋をゾクゾクと震えが走り、みるくの瞳がトロンと蕩ける。兄の所有物となり、好きなように犯される。その背徳感が、開花し始めたみるくのマゾヒスティックな部分をたまらなく刺激した。

「みるくの口マ×コ、すごく気持ちいいよっ。くうっ、みるく、もっと口をすぼめてっ。マ×コでチ×ポを締めつけるみたいに、ほっぺたの内側をチ×ポに寄せるんだっ。そう、いいよっ」

兄に言われるがまま、みるくは口をすぼめ、口内粘膜を肉棒に貼りつかせる。肉棒はそんな粘膜を何度も掻き分けて押し入ってては出ていき、熱く擦りたててくる。

兄の足の間がさらに狭められ、みるくの顔をガッチリと固定する。みるくの視界に映るのは、ヌプヌプと唇を割り裂いて前後する肉棒、大きな兄の体、そして心地よさそうな兄の顔だけ。

「んっ、んふっ。ズプッ、ズポッ。ふむっ、ふみゅぅんっ」

（ああっ、おにいちゃん、きもちいいんだ。みるくのエッチなおくちマ×コ、おにいちゃんをすごくきもちよくさせちゃってるんだっ）

兄が快感を得ていることを知り、みるくの胸が幸福に包まれる。肉棒の熱い感触も、唇や内頬を擦る摩擦も、口内に撒き散らされるカウパーの味も。すべてが幸福に包まれて、快楽へと昇華されてゆく。

「くあっ、出る、出るぞっ！　みるくの口マ×コに、朝立ち濃厚ザーメンをたっぷりぶちまけるぞっ」

「ジュプッ、ズププッ、らひてっ……ジュボッ、ズボズボッ、らひてぇぇ〜っ」

（はぁあんっ。おにいちゃん、だして、だしてぇっ。みるくのエッチなおくちマ×コに、おにいちゃんのきもちよくなった証をっ……ドロドロの濃いザーメンを、たくさん出してぇ〜っ）

亀頭が喉奥に当たる寸前まで押しこまれた瞬間、みるくは無意識に肉棒の根元を唇で締めつけ、内頬と舌でベットリと肉幹全体を包みこむ。そして。

ドビュブッ！　ドクドクッ、ビュブブッ！

「ふみゅううぅ～～～っ!?」

尿道口から勢いよく精液が噴き出し、みるくの喉奥にビチャビチャと浴びせかけられた。

（ひあぁっ！　おくちいっぱいに、おにいちゃんのザーメンが広がるのっ。ドロドロネバネバがたっぷりすぎて、おくちがはじけちゃうよ～っ）

大量の精液に、ぷくっと膨らむみるくの頬。みるくは射精に喉を焼かれる感覚に耐えながら、懸命にゴキュゴキュと精液を呑み下してゆく。

「んむっ、ゴキュ、ゴクンッ。ふむ、はみゅうっ、んく、ゴキュンッ」

「ああ……いいぞ、みるく。そのままゴクゴク、ザーメンを呑みほすんだ」

射精の快感に顔を蕩けさせ、兄が見つめている。みるくは潤んだ瞳で兄を見上げ、懸命に精液を嚥下する。口が、喉が、そして体中が、兄の物へとなってゆくような感覚に陥りながら。

一部は唇から溢れてしまったものの、それでもみるくはかなりの量の精液を呑み下した。射精も収まり、残すはあとわずかだ。

「みるく、尿道口からザーメンを吸い出してくれ。残ったザーメンを、チ×ポをチューチュー吸って、全部吸い出すんだっ」

「はひぃ……チュパ、チュパッ。チュウゥゥ～～～ッ」

「くおぁっ、みるくのバキューム、気持ちよすぎるっ。くうっ」

みるくに思いきり肉棒を吸い上げられ、陣は腰を震わせて、最後の一滴まで精液を搾り出した。

「はぁ、ふう……。みるく、よく頑張ったな」

陣はみるくの口内から萎えてゆく肉棒をゆっくりと引き抜くと、みるくの頭を優しく撫でた。みるくはぽっかりと口を開けたまま、嬉しそうに目を細める。

（ふあぁ……。おくちのなか、おにいちゃんのエッチな味とニオイでいっぱいだよぅ。息をするたびに、おくちのなかにザーメンのニオイがムワッて広がるのぉ）

唇も、舌も、口内すべてが、濃厚な精液で染め抜かれジンジンと甘く疼いていた。みるくは口を開けたまま、放心して天井を見上げていた。

陣はみるくの顔の上から立ち上がると、みるくの上に覆いかぶさりその小さな体をキュッと抱きしめる。そして、正面からみるくの顔を覗きこんできた。

（ああっ……。おにいちゃんが、見てる……。ザーメンをたくさんのんじゃった、みるくのエッチなおくちマ×コ、おにいちゃんにこんなに近くで見られてるのぉっ。ふあっ、ふあぁぁ～っ！）

みるくの舌が、ヒクヒクッと痙攣する。たっぷりと摩擦され熱く疼いた口内に、濃厚な精液を塗りこまれ。そしてその淫らな肉と化した口内をまじまじと兄に視姦されて。みるくは軽いアクメを迎えてしまったのだった。

「みるく。たくさん呑んだ後には、言うことがあるよな」

耳元で囁かれ、みるくは蕩けた頭で、言うべき言葉を思い出す。

「ふぁい。……おにいちゃん、ザーメン、ごちそうさまでしたぁ」

「ふふ。よくできました」

再び兄に頭を撫でられ、みるくはうっとりと目を細めた。

そしてみるくは精飲の余韻に浸ったまま、陣にこれからの朝の作法について教えられた。みるくが先に目覚めたら、お目覚めフェラで陣を起こすこと。そして陣が先に目を覚ました場合は、今日のように眠っている間に口マ×コを犯すので、目覚めたらすぐに受け入れてチ×ポにむしゃぶりつくこと。

目が覚めた瞬間から、いや眠っている間すら、自分は兄のために存在している。そんなふうに思えて、みるくは湧き上がる喜びに、肢体をフルフルッと震わせるのであった。

「えへへ〜」

朝の登校時。みるくは嬉しそうに、陣の腕に腕を絡めている。普段から仲のよい兄妹ではあったが、手を繋いで歩くことはあっても、ここまで密着しての登校は珍しい。見る者が見れば、二人の間に関係の変化があったのがわかってしまうだろう。

「みるく〜」

「あ、まりちゃんっ」

校門前に差しかかったところで、真里が二人の下に駆け寄ってきた。真里は陣に小さく会釈すると、みるくの耳元にこそっと囁く。

「どうやら、うまくいったみたいね」

「うんっ。まりちゃんのおかげだよ」

「そっか。よかった。それじゃ、また部活でね。後で話を聞かせなさいよね」

再び会釈して校門へと駆けていく真里に、みるくは笑顔で手を振ったのだった。


そして放課後。陣は用があるとのことで、この日も部活を見には来なかった。しかしみるくは、心の奥底で兄と繋がっている感じがして、昨日よりは寂しさを感じなかった。

練習後、みるくと真里はファーストフード店に入った。幸いというべきか、優は見たいテレビがあると、先に帰ってしまった。これでじっくり話を聞くことができる。

真里はみるくを連れて、店の一番奥の、会話が漏れない席へと座った。

そして、その選択は正しかったと、真里はすぐに思った。みるくの告白談は、あまりに過激な内容であったのだ。

ファーストキスまではまだよかったものの（それでも目隠しでの精飲には面食らったが）、みるくがもじもじと恥じらいながらも幸せそうに語る濃厚なプレイ内容に、いつしか真里は顔を真っ赤にして俯いてしまった。

「それでね。これから毎朝、おにいちゃんのザーメンを呑ませてもらうことになったの。……どうしたの、まりちゃん？」

「あ、ううん。なんでもない」

（す、すご……。初体験から、そんなだなんて。みるくのお兄さんって、実は相当のムッツリだったんじゃ……）

妹を見つめる熱視線が尋常ではないと思ってはいたものの、ここまでとは。真里は勢いでみるくを焚きつけてしまったことを、少し後悔してしまう。だが、当のみるくはなんとも幸せそうだ。その笑顔を見ていると、これでよかったのかも、とも思える。

「いい、みるく。今日の話は、他の人にはしちゃダメよ。自分の胸にしまっておきなさい」

「う、うん。でも、ゆうちゃんにも報告しないと……」

「ま、まだみるくは、おにいさんの恋人になったわけじゃないんでしょ。優には、ちゃんとお兄さんの恋人になれたら、恋人になったたってことだけ伝えなさい。エッチの内容とかはいらないから。いいわね？」

「は～い」

真里の言葉に、みるくは素直に頷いた。真里はアイスコーヒーをストローから啜りながら、ぼんやりと考える。

（とりあえず、ものすごくムッツリっぽいけど、みるくのことをすごく大事にしてるのは確かみたいだし。ま、まあ、エッチの仕方なんて、人それぞれだしね。私がそこまで口を挟むことじゃないか。うん）

真里はそう自分に言い聞かせ、自分を納得させる。

「とりあえず、なにかあったら私に相談しなさいね。あ、でも別に、どんなエッチしたかとかそういう報告は、もういいから」

「うんっ。ありがとう、まりちゃん」

「それと、お兄さんが好きなのはわかるけど、なんでもかんでも言うこと聞いちゃダメよ。ちゃんと自分の意思は伝えること。ただの都合のいい女になったら、恋人にはなれなくなっちゃうからね。わかった？」

「はぁ～い。頼りになるな～、まりちゃんは。本当にオトナだよね」

「……なんか、すぐにみるくの方がオトナになっちゃいそうで、怖いわよ」

無邪気に羨望の眼差しを向けるみるくに聞こえないように、真里はぼそっと呟いたのだった。

その後、ファーストフード店の前で二人は別れた。跳ねるような後ろ姿だけでも、みるくのウキウキした気分が伝わってくる。

「……今日は、カレに電話しよっかな」

学校が違うため、真里は彼氏とはそんなに頻繁に会っているわけではない。次に会う時は、少し積極的になってみようか。そんなことを考える、真里であった。


「ただいま～」

みるくが玄関で靴を脱いでいると、みるくの声を聞いた陣が階段を下りてきた。

「おかえり。みるく」

にこやかに笑顔を浮かべている兄は、これまでとあまりに同じで。昨夜の出来事は夢だったのではないかと、みるくはふと不安になる。

「おにいちゃんっ」

みるくは思わず、陣の胸に抱きついた。陣は一瞬驚いた顔をしたものの、すぐにみるくの体をギュウッと抱きしめてやる。

「あ、あの……。昨日のこと、夢じゃ、ないんだよね？　おにいちゃん、わたしとの約束、ちゃんと覚えてるよね？」

「ああ、もちろん。みるくがセクシーなオトナの女になれるように、手伝うって約束だろう」

やはり、夢ではなかったのだ。みるくの顔が、パッと輝く。そして次の瞬間、みるくの顔に陣の顔が覆いかぶさる。

「そしてそのために……みるくのこのかわいい唇に、俺のザーメンをたっぷり呑ませてやるって、約束したもんな」

「わわっ。お、おにいちゃ、んぷぅっ？」

驚く間もなく、みるくの唇は陣の唇に塞がれる。口内に舌が侵入し、ねっとりと口内粘膜を舐めまわしてゆく。みるくはすぐに目をトロンと蕩けさせ、兄の舌を受け入れた。

（ふわぁ……。わたし、キス、キスしてるよぅ。おにいちゃんと、エッチな、オトナのキス……。やっぱり、夢じゃなかったんだ。よかったぁ）

みるくが幸せに浸っている間に、その口内にたっぷりと兄の唾液が塗りこまれてゆく。兄の股間がムクムクと膨らんでいくのが、服越しに腹部に伝わる。

「レル、ネチュ……ぷあぁ」

ようやく唇が解放された時には、みるくはすっかり夢心地になっていた。陣は再びみるくの頭を胸に抱きしめ、その耳元に囁く。

「みるく。このままエッチ、しよっか……」

「あ、えと……」

つい頷いてしまいそうになるみるくであったが、ふと真里の言葉を思い出す。このまま兄に求められたい、その想いは確かにある。しかし、そうなればおそらく、二人はこのまま夜更けまで離れられなくなってしまうだろう。

「あの、おにいちゃん。先に、晩ご飯の仕度してもいい？　わたし、今日は帰りが遅くなっちゃったから、早くしないと晩ご飯が遅くなっちゃうし……。それにその、今日はおにいちゃんに見てもらいたいものがあるから、晩ご飯の後で、ゆっくりがいいな～、なんて……」

予想だにしていなかったみるくの言葉に、陣は驚いて目を丸くする。そして苦笑すると、みるくの頭をグリグリと撫でた。

「そうだな。今日は晩ご飯、ちゃんと作らないとな。ハハッ。俺よりみるくの方が、ずっとしっかりしてて大人かもな」

兄からかけてもらった、大人という言葉に、みるくは嬉しそうに目を細めた。

「それじゃ、晩飯の仕度をするか」

陣がみるくの体を離し、キッチンへ向かおうと後ろを振り返る。しかしみるくはとっさにその手首をつかんだ。

「待って、おにいちゃん。……おにいちゃん、オチ×ポ、大きくなったままだよ。射精、したいんだよね……」

みるくは背後から、陣の膨らんだ股間を撫でる。そして、その場に膝をつき、大きく口を開けて陣を潤んだ瞳で見上げた。

「エッチは晩ご飯の後だけど、それまでおにいちゃんをガマンさせるなんて、わるいもん。だから……みるくのおくちマ×コに、ザーメン、出してほしいの」

陣は振り返ると、ひざまずいているみるくをじっと見つめ、そして、ニイッと笑みを浮かべた。

「みるくは本当に、俺よりオトナかもな。それじゃ、遠慮なく、みるくの口マ×コにザーメン出させてもらうな」

陣はチャックを開け、勃起した肉棒を取り出す。みるくはひざまずいたまま手ずから肉棒をしごき上げ、やがて射精された精液を口内で受け止める。そしてうっとりとした顔で、大量の精液をゴキュンゴキュンと嚥下するのだった。

ぺろぺろ5 兄専用になっちゃった。

夕食後、食休みを挟んでから、陣はみるくに部屋に来てほしいと誘われた。了承すると、みるくは準備があるとかで、先に部屋へと戻っていった。陣ははやる気持ちを抑えつつ、自分の部屋で十五分ほど待つ。そして、ポケットにあるものを仕込み、みるくの部屋へと向かった。

「みるく〜。もう、入ってもいいか?」

「あ、うんっ。いいよ〜」

みるくの返事を待ち、陣はドアを開く。そして目に飛びこんできた光景に、陣は目を丸くした。みるくはなんともセクシーな、アダルトな下着を身に着けていたのだ。

乳房の上半分が露出してしまっている、紫色のブラジャー。同色のパンティは正面から見ても布地が少なく、後ろは紐状になっているようで、いわゆるTバックだ。そして同じく紫色のストッキングをガーターベルトで止め、腕にはやはり同色のロンググローブを塡めていた。

「おにいちゃん、ど、どうかな。セクシー、かな?」

兄に際どい下着姿を凝視され、みるくは思わず両手で胸と股間を隠しつつ、そう尋ねてくる。

「あ、ああ。すごくエッチだ……」

「ほ、ほんと?　……ほんとうだ。おにいちゃんのオチ×ポ、大きくなってる」

ズボンの下でムクムクと反応する肉棒を目の当たりにし、みるくははにかんだ笑みを浮かべた。

「みるく。その下着、どうしたんだ?」

「おにいちゃんと一緒に暮らすことが決まった日に、貯金してあったお年玉で買ったの。いつか、その……そういう時が来たとして、その時はおにいちゃんに、少しでもセクシーだと思ってもらいたいなって」

あまりにいじましいことを言うみるくに、たまらなくなった陣は、みるくの正面に進み出るとその体をギュッと抱きしめる。

「そっか。そんなふうに考えてくれてたんだな。それなのに、お風呂で初体験になっちゃって、ごめんな」

「う、うぅんっ。いいの。昨日のことはその、ステキな思い出だもん。でも、せっかく持ってるんだから、この下着も見てもらいたくて……」

「ありがとな、みるく。すごく、エッチでかわいいよ」

「かわいい、かぁ。……まだ、仕方ないよね。エッチだって思ってもらえただけで、いいかなぁ」

まだセクシーとまでは至れずに、みるくはちょっぴり残念そうで。それでも兄が喜び興奮してくれたことには、嬉しそうだった。

陣はみるくのベッドに仰向けに横になる。みるくは陣の足の間にチョコンと座ると、勃起した肉棒に愛らしい顔を近づけた。

「それじゃおにいちゃん。みるく、フェラチオ、するね」

「ああ。そのセクシーな下着に負けないくらい、いやらしくチ×ポをしゃぶってくれ」

「う、うん。がんばる。えあ〜っ……」

みるくはコクンと頷くと、小さな口を精いっぱい開き、舌をテロンと垂らす。そして肉棒の根元にそっと手を添えると、ネロンネロンと肉棒を舐め上げ始めた。

「レロッ、レロッ。おにいちゃんの、オチ×ポ……チュッチュッ、ネロッ」

（はあぁ……なめてるぅ。みるく、おにいちゃんのオチ×ポを、エッチな女優さんみたいに、舌を垂らしていやらしくナメナメしてるのぉ〜）

自らもセクシーで淫蕩な存在になったかのようで、みるくは興奮に目元を潤ませる。肉棒の匂いと味に酔ってしまったかのように、愛らしい顔を蕩けさせて肉棒を舐めまわす美少女。その姿に、陣の興奮もさらに高まってゆく。

「くうぅっ。みるく、すごくエロいぞっ。今でさえこんなにエロいんだ。みるくがセクシーに成長したら、どんなエロ本の美人女優にも負けないくらいエロエロになれるぞっ」

「ほんと？　みるくも、エッチな本のセクシーな女優さんみたいに、おにいちゃんをたくさん興奮させられる？」

「ああ、きっとなれるよ。そのためには、くっ、チ×ポとザーメンの味をしっかり覚えて、大好きにならないとな。さあ、もっと舌を垂らしてっ。チ×ポ全体が唾液でネチョネチョになるくらい、たっぷり舐めまわすんだっ」

「うんっ。みるく、がんばるのっ。れろぉ〜っ。ペロッ、ペロッ、レロレロォ〜ンッ。んはあぁっ……」

熱っぽい吐息を漏らしながら、みるくは陣の肉棒をベロベロと舐め上げてゆく。

（昨日は先っぽだけだったけど、今日はオチ×ポをぜんぶ舐めちゃってる。おにいちゃんのオチ×ポ、すごくおっきくて長いのぉ。こんなに大きいのがみるくのオマ×コに入ったなんて、信じられないよぅ……）

　陣の肉棒は平均を大きく逸脱するようなサイズではなかったが、小柄なみるくにはあまりに大きく見えた。みるくは気づいていないが、相手がみるくだということも、肉棒がより大きさを増している一因である。

　みるくの舌が上下するたびに、肉棒が唾液に塗れてゆく。チロチロと笠裏を丁寧に舐め、裏筋にも何度も舌を這わせる。すっかり全体が潤うと、みるくは尿道口に溜まって溢れそうになったカウパーをチュルッと吸い取り、コクンと嚥下した。

「……ぷぁ。おにいちゃんのオチ×ポ、みるくの唾液まみれになったよ」

「よし。よくできたな。それじゃ、次はおしゃぶりだ。大きく口を開けて、チ×ポを上から呑みこんでいくんだ。自分の口がマ×コになったことを想像しながら、呑みこんでいくんだぞ」

「う、うん。みるくのおくちは、オマ×コ、おくちマ×コ……。おにいちゃんのオチ×ポを、エッチにくわえこんじゃうのぉ」

　みるくは自分に言い聞かせつつ、小さな口を限界まで開き、肉棒をヌプヌプと呑みこんでゆく。昨日は怖くてできなかったものの、膣内に奥まで挿入され、今朝は実際に口に咥えさせられたことにより、今はもう肉棒に対する抵抗も薄れていた。

唇が亀頭から肉幹をムリムリとなぞっていき、内頬がヌチュヌチュと肉棒に擦れる。

みるくは自分の限界まで、口内に肉棒を収めた。といっても、その小さな口中には肉棒の半分ほどしか収まっていない。みるくは肉棒を頬張ったまま、困った顔で陣を見つめる。

「大丈夫だよ。みるくのちっちゃいお口にチ×ポが全部入るなんて、思ってないから。できるところまででいいよ。余った部分は、両手で握るんだ」

「ふむ、うむ……ふわぁい」

みるくは言われた通り、肉棒の咥えきれなかった部分を両手で握り、筒を作る。

「いいか、みるく。この両手のひらとみるくの口のなかが、これからみるくのマ×コになるんだ。そしてみるくは俺のチ×ポをズブズブ犯して、気持ちよくするんだ。今のみるくはセクシーな下着を身に着けた、エロエロな痴女っ子だからな。できるだろう?」

痴女という言葉の正確な意味はわからないものの、途方もなくいやらしい存在だということは理解できる。みるくは興奮に瞳をウルウルと濡らしつつ、肉棒を咥えたままコクンと小さく頷く。

「それじゃ、口をすぼめてチ×ポを吸いながら、ゆっくりと頭を上げていくんだ。亀頭だけが残るまでな。一緒に両手も動かして……そう、そうだ……くうぅっ」

「チュウゥ〜……ズチュ、ズチュッ……ふむむぅ〜ん……」

教えられた通りに、みるくは肉棒に両手を這わせつつ、内頬で肉棒を擦りながら吸い立てる。熱い肉に敏感な口内粘膜を擦られながら、大量のカウパーを呑み下すと、体の芯からカァッと燃え上がってゆく。

「今度は、頬をすぼめたまま、唇を締めてチ×ポを呑みこむんだ。ああ、いいぞ……たまらなく気持ちいいよ、みるく……」

「ジュププ……ブポ、ジュポッ……はむぅ……」

亀頭だけ咥えた状態から、ねっとりと粘膜を擦りつけつつ、再び口いっぱいに肉棒を呑みこむ。一連の流れを終えると、みるくは艶かしい吐息を漏らした。

「あとはこれを徐々にスピードを上げながら繰り返すんだ。でも、急がなくていいからな。苦しくない範囲で、チ×ポの味を味わいながらやってみてくれ」

「ふぁい。……ジュポッ、ズポッ。ブチュッ、ふみゅ、ジュボッ……」

みるくはゆっくりと手コキフェラを開始する。肉棒とカウパーの味を意識しつつ、内頬で締めつけながら両手で擦り上げる。ブチャブチャと卑猥な音が口から漏れ、みるくの脳髄をジクジクと攻め苛む。

（おくちのなか、熱くてジンジンしてるよぅ。うずうず疼いちゃって、そこにオチ×ポがズリズリこすれると、おなかのおくがピクピクッてふるえるのぉ……。ふあぁ、

おにいちゃんも、すごくきもちよさそうにしてるぅ）

陣は両手でシーツをつかみながら、懸命に快感に耐えている。昨日から何度も見ているせいで、兄が快感を堪える顔をみるくはすっかり覚えてしまっていた。

「くあぁっ、これ、すごいぞっ。ヌチョヌチョの口マ×コと、スベスベの手袋の感触が同時に襲ってきてっ。うぅっ、みるくの手コキフェラ、最高だっ」

兄の悦ぶ姿を目の当たりにし、みるくの奉仕もますます熱が入る。

「ジュポッ、ジュポッ……おにいひゃぁん……。みゆくの、おててとおくひマ×コで、もっときもひよくなってぇ……ブジュッ。チュポッ、ズポッ」

嬉しそうに肉棒をしゃぶりしごきたてるみるく。その愛らしくも淫らな姿に、陣は一つの確信を得る。

「みるく、もうチ×ポの味に慣れたみたいだな。チ×ポ、おいしいか？」

「ふぇ？　……チュポ、チュポッ……わかんにゃい……」

「でも、いやじゃないだろう。こんなにうっとりしゃぶってるもんな。みるくのエッチな口マ×コなら、きっともうすぐチ×ポをおいしく感じられるようになるぞ」

兄に頭を撫でられると、みるくはきっと本当にそうなってしまうのだろう思えてしまう。

「なあ、みるく。チ×ポおいしい、って言いながらしゃぶってみてくれないか。みるくがおいしいおいしいって言いながらしゃぶってくれたら、みるくが本当の痴女になっちゃったみたいで、俺、すごく興奮すると思うんだ」

「んぷ、チュパッ……れ、れも、わたひまだ……」

「今はまだ、本当じゃなくていいんだよ。ちょっとみるくがセクシー痴女になった雰囲気を味わいたいだけなんだ。な？」

「う、うん……チュプッ……」

兄に懇願され、みるくはコクンと頷き、その願いを受け入れる。

「チュパッ、チュパッ……オチ×ポ、おいひい……ジュプッ、ズププッ……おにいひゃんのオヒ×ポ、おいひいよ……」

その言葉を口にした瞬間、みるくの背筋をゾクゾクッと電撃のような興奮が走り抜ける。同時に、口内粘膜がヒクヒクと疼き、自然と肉棒に吸いつき始めた。

「ふぁっ、んあぁっ！　……オチ×ポおいひい……チュパチュパッ、ジュルッ……オチ×ポ、おいひぃのぉ～っ……チュウチュウ、ジュパパッ」

みるくのおしゃぶりが激しさを増し、卑猥な汁音が室内に広がる。

（あ、あれぇ？　オチ×ポ、なんだかおいしいような気がしてきたの。おくちに広がるお肉の味、さっきまでもイヤだとは思わなかったけど、なんだかだんだん好きになってきちゃったかもぉ）

うっとりした顔で肉棒の味を賞賛しつつしゃぶりたてるみるくの姿に、陣は満足げな笑みを浮かべる。陣の狙いはうまくいったようだ。

肉棒の味に抵抗感を持っていないならば、自ら肯定的な言葉を口にすることで、その口にした言葉を真実と思いこんでしまうようになるのでは、と思ったのだ。何事も信じやすいみるくには、その効果は抜群だったようだ。

「ああっ、みるく。エロい、エロいよ。うまそうにチ×ポをしゃぶってるみるくがエロすぎて、もうすぐザーメン出ちゃうよ。おいしいチ×ポからおいしいザーメンが、たくさん出るからな。全部、呑んでくれよ」

「ジュプジュプ、ジュパッ。うんっ。のむ、のむのぉ。おにいひゃんのおいひいオチ×ポから出る、おいひいザーメン。みるく、ぜ～んぶのんじゃうのぉっ」

陣の誘導で、みるくはいつの間にか、精液までも美味しいものだと口にしていた。昨日から何度も呑み、嫌悪も薄れつつあるだろう。今なら精液を美味しいと思えるきっかけをつかめるに違いない。陣はそう考える。

「くあぁあっ。もう出る、出るよみるくっ。左手をチ×ポから離して、タマを優しく撫でてくれっ。口でチ×ポを吸いまくりながら、右手は根元をしごきまくるんだっ。そう、そうだっ」

「ジュジュッ、ズチュチュユーッ。おにいひゃん、ザーメンだひてぇっ。おいひいオチ

×ポから、おいひいザーメン、ドピュドピュだひてみるくにたくさんのまへてぇ〜っ。ジュルルッ、ブチュブチューーッ！」

おしゃぶり、竿しごき、玉撫での、みるくが奏でる快楽の三重奏に、はしたないおねだりが加わり、とてつもない興奮と刺激が陣の肉棒に送りこまれる。

陣は腰を浮かせると、両手でみるくの頭をがっちりつかんで固定する。そして、みるくの口内に勢いよく精液を解き放った。

「くぅぅーっ！　出るぞ、みるくっ！　ザーメン出るぅーっ！」

ブビュッ！　ビュクッ、ビュクッ、ドビュビュビュッ！

「ふみゅううぅ〜〜〜〜んっ！」

みるくの小さな口のなかに、大量の精液が一瞬にして溢れ、みるくの頬がぷくっとハムスターのように膨らむ。それでもみるくは肉棒から口を離さず、ゴキュン、ゴキュンッと嚥下し始める。

「ふみゅっ、ゴキュ、ゴキュンッ。おにいひゃんの、ざーめん、チュパ、ズリュッ。おいひい、ざーめん〜っ、ジュパッ、ゴッキュンッ」

（ぷあぁっ。おにいちゃんのザーメン、何度のんでもすごいよぅ。熱くって、濃くって、ネバネバドロドロでぇ。ジンジンうずいてるみるくのおくちや喉に、べっとりへばりついてぇ。でも、なんだか、イヤじゃないの。おくちがおにいちゃんでいっぱい

になってゆくみたいで、みるく、この感じ、だいすきなのぉ～っ）

トロンとした顔で、みるくは精液を嚥下しつづける。その顔は完全に、発情した牝の顔であった。何度も口内に放出されたことで慣れてきたのか、みるくは唇からほとんどこぼすことなく、射精される精液を次々に呑み下してゆく。膨らんでいた頬は徐々に元の形に戻ってゆき、口内の精液が少なくなると、今度は一滴残らず吸い出そうと頬をへこませ肉棒を吸い上げる。

「くあっ、もうほとんど出たのに、まだむしゃぶりついてっ。みるくは本当にチ×ポとザーメンが大好きになったんだなっ。よしっ、最後の一滴まで搾り出すから、チ×ポをしごきまくりながらタマをムニムニ揉むんだっ」

「ふぁいぃっ。チュパチュパ、ジュルルッ、ズチュチュチューーッ！」

みるくは言われるがまま、睾丸をクニクニと揉んで精液を肉棒のなかへと集める。さらに肉棒を激しくしごいて精輪管から尿道口へ向けて精液を搾り出してゆく。陣は両手をみるくの頬に添え、みるくが肉棒を吸う動きにリンクさせるように、外側から内頬で肉棒をしごき上げ始める。精液が染みこみジンジンと疼く敏感になった粘膜を、灼熱の肉棒で激しく摩擦され、みるくは沸きあがる感覚に瞳をふわふわとさまよわせる。

（ひあぁぁっ！　おくちのなか、あつい、あついのぉっ！　かたいオチ×ポでおくちのなかをズリズリされてるとっ、おなかのおくからすごいのがあがってきちゃうのぉ～っ！」

　みるくの表情が、乳房で軽いアクメを覚えた際と同じ顔へと変化しつつあることに気づいた陣は、みるくの頬をさらに圧迫して肉棒と口内粘膜を密着させる。

「みるく、イキそうなんだなっ。チ×ポとザーメンを美味しく感じた上に、ザーメン呑みながらくちマ×コでアクメしちゃうんだなっ？　くあぁっ、残りのザーメンがチ×ポのなかをせりあがってきたっ。みるく、イクんだっ。くちマ×コでチ×ポを犯しながら、ザーメンをゴックンアクメするんだっ。くあぁぁーっ！」

　そして、みるくの口内で最後の一しぶきが弾ける。その瞬間、口内を焼き尽くす強烈な感覚に、みるくの瞳は焦点を失い、それでも本能で、みるくは頬を限界まですぼめ、肉棒を思いきり吸いたてた。

「んぷ～～～っ！　いくっ、いきゅうっ！　ゴキュ、ゴキュンッ！　みゅく、おくひでっ、おくひマ×コで、いくぅぅ～～～っ！」

　みるくはとうとう、口内粘膜を肉棒に擦られ精液を浴びせられる感触で、絶頂を迎えてしまった。頭のなかを駆け巡る熱さと痺れるような感覚になにも考えられなくなり、それでもただ、口内の肉棒をむしゃぶりつづけたのだった。

　やがて、みるくの口が動きを止める、みるくは肉棒を咥えたまま、半ば放心状態になっていた。陣はみるくの唇からゆっくり肉棒を引き抜くと、みるくを抱き寄せる。

そして、ぬらついた唇をぽっかり開けたままぼんやりと宙を見上げているみるくの顔を、満足げな表情で覗きこんだ。

「みるく。チ×ポ、おいしかったか？」

「ふぁ……オチ×ポ、おいしかったのぉ」

「ザーメンも、おいしかっただろう？」

「うん……ざーめんも、おいひかったよぉ……」

ほとんどオウム返しではあったが、みるくは確かにそう口にする。

「口マ×コで、アクメもしちゃったな」

「はぁぁ……アクメ……。みるく、おくちマ×コで……オチ×ポと、ザーメンでいっぱいのおくちマ×コで、アクメしちゃったのぉ～」

艶かしい吐息を漏らしながら、自分自身でも確かめるかのように、みるくは確かにそう口にする。愛する妹に、淫らな感覚が確かに芽吹いた。その事実に陣は感動を覚え、みるくをギュウッと抱きすくめると、その額や頬にキスの雨を降らせる。

「ああ～っ、もうっ！　みるく、最高にかわいいよっ。かわいくてエッチで、もう俺、たまらないよっ。これからもエッチなこと、たくさんたくさん覚えようなっ」

「ふわわ……うん……。みるく、これからも……たくさんエッチになるのぉ……」

キスの雨の心地よさと胸に広がる充実感に、みるくはうっとりと目を細める。頭のなかは快楽によるピンクのもやがかかってぼんやりとしている。それでも、兄がとても喜んでくれているのが嬉しくて、これからも兄の望むまま淫らになっていこうと、胸の奥で小さく決意するのであった。

仰向けになった陣の体に、みるくの小さな体が乗っている。二人の頭は、それぞれ股間の前にあった。いわゆるシックスナインの体勢だ。みるくは再びいきり立つようにと半立ちの肉棒を口内であやし、陣は挿入への下準備のためにみるくの秘裂を徹底的に舐め上げている。

「んぷ、はぷっ。ふあぁっ。おにいちゃん、みるくのオマ×コ、ピリピリしてきたよぅっ。オマ×コ、あつくて変なのぉっ」

「みるくの体は本当に感じやすいな。昨日オトナになったばかりなのに、もうオマ×コでイクことを覚えちゃうんだな」

言いながらも陣は舌の動きを止めず、指で秘裂を左右に引っ張って露出させた桃色の媚肉を、ベロベロと舌で何度も舐め上げる。喘ぎ鳴くみるくのあまりの愛らしさに、陣の肉棒はすでにギンギンにいきり立っている。いつの間にか、肉棒はみるくの小さな口からまろび出て、その眼前でブルブルと揺れていた。

「はぁっ、あぁぁんっ。おにいちゃん、みるくのオマ×コ、感じてるの？　みるく、オマ×コでもイッちゃうのぉ？」

　膣肉から全身に広がる強烈な刺激を、まだ快感と受け止められていないみるくが、切なげに喘ぎつつ尋ねてくる。

「ああ。感じまくってるよ。みるくのマ×コ、愛液でベチャベチャで、気持ちよさそうにヒクヒクしてるからな。もうすぐもっと大きなピリピリが来て、みるくはオマ×コでもアクメしちゃうはずだっ」

　陣はこんこんと溢れ出る愛液を啜り上げ、そう断言する。そしてみるくの尻たぶをグニグニ揉みたくり、伸ばした舌で可憐な肉ビラをより強くねぶり上げて、みるくをさらに追いつめる。

（おにいちゃんにオマ×コをペロペロされるたびに、オマ×コがピリピリッてしびれて、頭のなかがぽわんってなるの。これが、オマ×コがきもちいいって感覚なんだ。みるくのオマ×コ、エッチだから、おにいちゃんになめられるたびに、きもちいいでいっぱいになっちゃってる……もうすぐ、イッちゃうんだ。みるく、オマ×コでアクメしちゃうんだっ）

　眼前でいきり立つ肉棒から立ち昇る濃厚な肉臭に鼻腔を焼かれ、グズグズに蕩けたみるくの脳が、媚肉を刺激される感覚を快感とインプットする。その瞬間、みるくの腰がプルプルッと震えた。

「みるくの腰、動いちゃってるぞ。オマ×コ、気持ちよくてたまらないんだな？」

「そう、そうなのっ。みるくのオマ×コ、きもちいいでいっぱいなのっ」

「なら、このままオマ×コがイクまで舐めつづけるぞ。オマ×コでアクメできれば、セックスでも気持ちよくなって、イケるようになるはずだから」

「うん、うんっ。おにいちゃん、みるくのオマ×コ、たくさんなめてっ。アクメしちゃうまで、ペロペロしてぇ～っ」

みるくの切ないおねだりに、陣もまた興奮を煽られ、体をブルッと震わせる。陣は大口を開けると、みるくの膣穴に恥丘ごとかぶりついた。

「ひゃはぁんっ！　みるくのオマ×コ、食べられてるっ。もにゅもにゅ食べられながら、ジュパジュパしゃぶられてるっ。みるくのオマ×コ、とろけちゃうよぉっ！　ふあぁっ、きた、きたのぉっ。きもちよさが、どんどんふくらんでいくのぉっ。みるく、イッちゃうっ。オマ×コアクメ、しちゃうのぉっ！」

「ジュパジュパ、ジュルルッ。いいぞ、みるく。このままイクんだっ。イク時はイクってちゃんと言いながらだぞっ」

「うんっ。言うのっ、イクって言うのぉっ。ふあぁっ、きもちいい、オマ×コきもちいいよぉっ。ふあっ、いくっ、もうすぐ、いくぅっ。みるくのオマ×コ、もうすぐイッちゃうよぉ～っ！」

みるくの肢体がビクビクッと跳ねる。快感を覚え、今まさに絶頂をも味わおうとしているみるくを、さらに高みへと押しやるために。陣は思いきり舌を出すと、膣内に届く限界までねじこんだ。

「ひあぁぁ～～っ⁉　いくっ、いくぅーっ！　みるくのオマ×コッ、おにいちゃんの舌で、いくうぅぅ～～～っ‼」

みるくはとうとう快楽の究極を味わい、それを絶頂と認識し、絶叫と共に背筋を仰け反らせた。膣奥から愛液がブシャブシャッと猛烈な勢いで噴き出し、陣の口内に降りかかる。みるくは初めての本格的な絶頂で、潮を噴いたのだ。

陣はみるくの絶頂を知りながら、さらに舌の動きを激しくする。跳ねる腰と尻をガッチリとつかんで抱き寄せ、膣穴のなかを舌で徹底的に掻きまわす。

「んひうぅっ！　いくっ、またいくぅっ！　みるくのオマ×コ、アクメしてるのに、またアクメしちゃうのっ。オマ×コ、アクメだらけになっちゃうのぉっ！　いくっ、いくっいくぅっ！　みるくのアクメオマ×コ、イクのが止まらないよぉっ、ふあぁぁぁ～～～～～んっ‼」

みるくの体がさらに反り返り、ガクンガクンと激しく揺れる。やがて、愛らしい声がかすれるほど絶叫した後、くたっと陣の体の上に倒れ伏した。その肢体は、なおもヒクヒクと痙攣していた。

陣はみるくの股間から口を離すと、みるくを仰向けに寝かせる。そして起き上がると、みるくの顔を覗きこむ。初めての真の絶頂に、みるくは焦点の合わぬ瞳を天井に向けたまま、ピクピクと体を震わせていた。

「みるく。オマ×コでイク感じ、どうだった？」

汗でぺっとりと張りついたみるくの前髪を撫でつつ、陣が耳元で尋ねる。

「ふわわ……。す、すごかったのぉ。わたし、からだがバラバラになっちゃいそうだったのぉ」

「でも、気持ちよかっただろう？」

「う、うん……。よかったの。みるく、アクメがきもちよかったのぉ」

ともすれば恐怖心すら抱いてしまいそうな苛烈すぎる絶頂。しかし、つづく兄の優しい言葉で、それは恐れる必要のない、受け入れるべき素敵な感覚なのだとみるくの脳も体も認識してゆく。

「これで、セックスでもたくさん感じられるようになるはずだよ。みるくが感じやすいエッチな体で、本当に嬉しいよ。俺がみるくのオマ×コで気持ちよくなるのと同じくらい、みるくにも感じてほしいからさ。自分だけ気持ちよくなってもしょうがないからな」

兄の笑顔に、みるくの胸がポワッと温かくなる。ただ自身の快楽を求めるだけでなく、みるくにも同じだけの快感を味わってほしいという想い。

「ありがとう、おにいちゃん……。みるく、早くセックスでもアクメできるようになるね。だからもっと、きもちいいことをたくさん教えてね……」

「ああ、もちろん。いっぱいいっぱい、二人で気持ちよくなろうな」

優しく唇を重ねられ、みるくは瞳を蕩けさせるのだった。

くたりとベッドに体を投げ出しているみるくの横で、陣は肉棒にコンドームを嵌めた。これはとある製薬会社の開発した、極薄でありながら耐久性抜群の一品であった。放課後、みるくより先に帰宅したのはこれを買うためであり、みるくの部屋を訪ねる前にポケットに忍ばせていたのはこれだった。

それから陣は、みるくの体に向き直る。このまま正常位で挿入しようとした陣だったが、みるくの愛液に塗れてほぐれた秘所を見ているうちに、ふとイタズラ心が芽生えてくる。

「みるくって、かなり体が柔らかかったよな。こういうポーズ、平気か?」

陣はみるくの右足を取ると、頭上へとゆっくり開脚させてゆく。みるくは表情を歪めることもなく、いとも容易につま先を頭の上につけてしまった。

「うん。ちょっとだけ苦しいけど、平気だよ」

「そっか……。みるく、ちょっとだけ待っててくれ」

陣は少し思案顔になると、唇をニヤリと歪める。そしてみるくの部屋を出ると自室に向かい、一本の長い紐を手に持って、再び戻ってきた。

「みるく。手首を重ねて、両手を上げてみてくれ。そう。で、今度は両脚を、頭の上に……そうだ。ちょっとキツイかもしれないけど、そのままじっとしてて」

「う、うん。……わわ、おにいちゃん、なにするのぉ？」

陣に言われるがまま、両手両脚を頭の上に上げたみるく。すると陣は、みるくの両手首と両足首をひとまとめにして、持っていた紐でグルグル巻きに縛ってしまった。

「よし。できあがり。みるく、苦しくないか？　痛かったら外すけど」

「だ、だいじょうぶ。でも……このポーズ、すごく恥ずかしいの……」

足を縛られたことで、みるくの恥丘は隠すこともできずに剝き出しになっていた。ちょっと顔を上げると自分の秘所が丸見えで、みるくは顔を赤くして視線を逸らす。

「ふふ。みるくの体は今、こういう形になってるんだ。なんの形だかわかるか？」

陣が空中に指でラグビーボールのような楕円形を描く。みるくはなんだかわからず、首をかしげる。

「これは……みるくの、オマ×コの形だよ。みるくの全身は今、オマ×コと同じ形になってるんだ」

「ふえぇっ⁉」

予想だにしなかった答えに、みるくが声を裏返らせる。陣はみるくの頬を指先でツツと撫でつつ、その耳元にそっと囁きかける。

「みるくは今、オマ×コになってるんだ。すごくエッチなオマ×コにね」

「そ、そんな……。みるく、オマ×コなの……？　オマ×コだけじゃなくて、みるくのぜんぶが、オ、オマ×コにぃ……はあぁんっ！」

あまりに卑猥な状況に、みるくは肢体をヒクヒクッと震わせる。唇はフルフルと切なげに震え、瞳は極度の興奮にウルウルと潤んでいた。

陣は舌を垂らすと、みるくの耳をネトネトと舐め上げる。そして、さらに卑猥な言葉を送りこむ。

「ああ。みるくはオマ×コだ。しかも……俺、専用のな」

「ふあぁぁっ‼」

舌先で耳穴をほじられつつ、そう淫靡に囁かれ、みるくは頭が爆発しそうな羞恥にビクンッと体を跳ねさせた。秘裂から透明な蜜がプチュッと噴き出す。

「ふふ。さすがは全身がオマ×コのみるくだな。耳を舐められて、エッチな汁を飛ばすほど感じちゃったのか？」

「ち、ちがうのぉっ。わたしの耳は、オマ×コじゃ、ひあぁぁっ！　おにいちゃん、らめぇっ！　みるくの耳、ネチョネチョいやらしく舐めないでぇっ。エッチな音が頭のなかに響いて、みるく、変になっちゃうのぉ〜っ」

淫靡な音に脳内を攻め苛まれ、みるくは悲鳴を上げる。しかしその声色はどこか甘ったるい。いやいやと首を振りつつも、縛めを解こうと両手足を激しく暴れさせたりはしない。みるくはすっかり、陣の言葉を受け入れつつあるのだ。

陣が用意した淫らな雰囲気に予想通りに呑まれ、切なげに悶えるみるくが、陣はかわいくてたまらない。だからこそもっともっと、みるくにいやらしいことを教え、快楽に悶え鳴かせてしまいたくなる。

陣はみるくに覆いかぶさると、持ち上げられた両脚ごと、みるくの体を抱きすくめる。文字通りみるくの全身が、陣の腕のなかに包まれてしまう。そして胸板でみるくの視界を覆い隠し、さらに淫靡に言い聞かせてゆく。

「みるくは俺専用のオマ×コだ。みるくの全身すべてが、俺のチ×ポを気持ちよくするためにあるんだ。わかるか？」

「ふあぁぁ……わ、わたひぃ……」

視界を覆われ、体をすっぽりと抱きすくめられ、今のみるくに感じられるのは、兄の言葉と体の熱だけ。思考回路はじわじわと麻痺してゆき、兄の言葉こそが真実と、脳裏に染みこんでゆく。

あるいはそれが凌辱者なら、みるくも抵抗を見せただろう。しかし、その相手が兄だから、すべてを捧げ、委ねたいと思った愛しき人だから。みるくの頭も心も、兄の言葉を抵抗なく受け入れてしまう。その先には、きっと陣とみるく二人ともにとっての、幸せがあるのだ。みるくにはそう、信じられたから。

「これからみるくを、俺専用のオマ×コを、徹底的に開発するぞ。全身どこでもアクメできる、全身性感帯のオマ×コ女にするからな。たっぷりイキまくって、いやらしい淫乱オマ×コになるんだ。いいな、みるく」

陣自身、勢いで喋っていることは自覚している。昨日童貞を喪失したばかりの自分にそんな能力があるとも思っていない。しかし、みるくが言葉に敏感に反応することは、昨日今日の経験で理解している。こうやって言い聞かせれば、それに近い反応を示し、いずれは真実になるだろう。そんな予感めいた確信があった。

「あぁぁ……わたし、オマ×コ……みるくは、おにいちゃん専用のオマ×コ……」

ぼんやりとにじむ暗闇のなか、みるくは兄の言葉を反芻する。それは自らの手で、兄の言葉を脳に刻みつけていく行為。

（ああ、そうなんだ。みるくはおにいちゃん専用の、オマ×コなんだ。わたし、がんばらなくちゃ。おにいちゃん好みの、セクシーな淫乱オマ×コにならなくちゃ）

そしてみるくは、己のすべてが、兄に快感をもたらすために存在する卑猥な肉であると認め。そして、より兄の理想へと近づくために、すべてを捧げて尽くそうと心に決めた。

陣は体を浮かすと、みるくの瞳を覗きこむ。その瞳はトロトロに蕩けていた。陣はみるくの唇を塞ぎ、己の所有物である印を刻みつけるかのように、ネットリとその口内を貪り尽くす。みるくは鼻から息を漏らしながら、その刻印を喜んで受け入れ、自らも歓迎するかのようにペチョペチョと舌を絡めた。

「みるく。セックス、するぞ」

陣は肉棒を握ると、みるくの潤いきった膣口にピトリと当てる。

「はい。みるくに、おにいちゃん専用のオマ×コに、オチ×ポ入れてください」

みるくはコクンと頷き、わずかに恥丘をクイッとせり出した。

そして、肉棒が膣穴に挿入されてゆく。なかは相変わらず小さく狭いものの、驚くほど熱く蕩けて潤っており、ニュプニュプと肉棒を咥えこんでゆく。

「んあっ……ひあぁぁっ……！」

ゆっくりと肉棒が沈んでゆくと、みるくの口から嬌声が押し出される。膣内を舌でねぶられる快感、あれよりもずっと強い感覚が、膣襞から全身へと流れ出す。ムリムリと膣肉を押し広げられるヒリつきも、快感と混ざり合い、みるくのマゾ性を刺激してより大きな波となり全身を駆け巡る。

そして陣の肉棒が、みるくの小さな膣穴を奥までぐっぷりと穿つ。

「はひっ……んひぃ……ひあぁぁーっ!?」

その瞬間、みるくは喉から絶叫を搾り出し、全身をビクビクと震わせた。

「みるく、感じたのか？ マ×コでチ×ポを奥まで受け入れて、感じたんだな？ 指先までピクピク震えてるぞ」

「ふぁ……う、うん。……みるく、オチ×ポで感じたの。オマ×コを奥までオチ×ポでゾリゾリッてこすられて、オマ×コきもちよくなって……全身が指の先まで、ビリビリッて痺れたの。みるくはオマ×コだから、セックスですみずみまで感じちゃったのぉっ」

みるくは素直に白状する。みるくはすでに、膣穴から生じる感覚は、すべて快感だと思い始めていた。本能でではなく、理性で、である。よほど激しい痛みでもない限り、みるくはすべての衝動を快楽へと昇華する準備ができていた。そしてもちろん、陣がみるくにそんな痛みをしいるはずもない。

「ふふ。感じてくれて嬉しいよ、みるく。さ、つづけるぞ」

陣はゆっくりと肉棒を引き抜いてゆき、亀頭だけ引っかけた状態まで抜くと、再び肉棒を奥まで押し入れる。

「んあぁっ……はあぁぁっ！　あんっ、あぁ……ひあぁぁんっ！」

抽送により膣襞に亀頭の笠が擦れるたび、みるくは甘い喘ぎを上げ、全身をピクピクと震わせる。抽送は徐々にスピードを増し、昨夜みるくに膣襞をこそがれる感覚を刻みこんだスピードをもいつしか超えて、みるくの膣穴を攻めつづける。

「ひあぁっ、おにいちゃぁんっ。セックス、激しすぎるよぉっ。みるくのオマ×コ、変になっちゃうぅっ」

「いいぞ、どんどん変になれっ。それはみるくのオマ×コがエロマ×コに変わっていってるってことだからなっ」

「そうなのっ？　みるくのオマ×コ、激しくズポズポされて、エロエロに変わっていっちゃってるのっ？　はあぁぁんっ、おにいちゃぁんっ。もっと、もっとしてぇっ。ズポズポッて激しくセックスして、みるくのオマ×コを淫乱セクシーオマ×コにしてぇ～っ」

激しすぎる快感も、兄好みの肉体へと変化している証であるなら、いくらでも受け入れられる。自分から兄に密着できないみるくは、甘い嬌声とみだらなおねだりで、さらなる抽送を促してゆく。

「くうぅっ！　みるくのマ×コ、キュウキュウに締まってるのに、マ×コ肉はグチュグチュに蕩けてるぞっ。チ×ポ、溶けそうなくらい気持ちいいぞっ」

装着感ゼロを謳《うた》っているだけあって、コンドーム越しでもみるくの膣穴の感触は生そのものに感じられる。そしてみるくの膣肉は、昨日よりも遥かに熱く蕩けていた。

陣はみるくをきつく抱きすくめながら、腰を大きくストロークさせ、みるくの膣穴をグポッグポッと卑猥な音を立てて穿ちつづける。

「ふあぁっ、うれしいよぅっ。みるくは、おにいちゃん専用のオマ×コだからっ。おにいちゃんのオチ×ポが感じてくれるのが、一番うれしいのぉ～っ」

けなげすぎるみるくに、陣の興奮は暴走寸前にまで高まる。

「くおぉっ！　もっとだっ。みるくを、奥の奥まで、俺のものにするぞっ！」

陣はそう宣言すると、さらに大きなストロークで、みるくの膣穴を限界まで穿つ。

そして亀頭が、みるくの子宮口にゴツンッと当たる。

「はひぃぃぃーーーっ!?」

その瞬間、まぶたの裏にパチパチと星が弾け、みるくは甲高く絶叫した。みるくの太股がブルブルッと痙攣し、膣穴がギュギュッと収縮する。陣は窮屈になった膣内をなおも抽送をつづけつつ、しかし子宮への突きこみはさけて、みるくの様子を確認する。

「みるく、今のはどうだ？　痛かったか？」

「はぁ、はぁ……よ、よくわかんないのぉ。奥にゴツンッてぶつかった瞬間、全身がビリビリッてしてぇっ。おにいちゃん、今の、なんなの？　みるくの体、こわれちゃったの？」

「壊れてないよ。たぶん、俺の亀頭がみるくの子宮口に当たって、子宮に衝撃が響いたんだ。子宮は女の人の一番大事な場所で、人によってはすごく感じるらしいんだ。みるくはどうだ？　子宮で気持ちよくなれそうか？」

　陣の質問に、みるくはいまだ衝撃に痺れた脳をなんとか回転させる。

（女の子の、一番大切な場所……そこに、おにいちゃんのオチ×ポが当たって、すごくビリビリッって……。ああ、そうだ。わたし、あの瞬間、きもちよかったんだ。おにいちゃんに一番大切な場所まで来てもらえて、わたし、うれしかったんだっ）

　子宮を穿たれたことによる全身に走り抜けた激烈な感覚。みるくはそれを、兄に一番大切な場所を捧げたことによる肉体の悦びなのだと理解する。

「うんっ。なれる、なれるよっ。みるく、子宮で気持ちよくなりたいのっ。おにいちゃんのオチ×ポで、みるくの一番大切な場所をズンズンされて、きもちよくなりたいのっ。だから、おにいちゃんっ。みるくのオマ×コ、子宮までオチ×ポでズンズンして、おなかのなかまでおにいちゃんのものにしてほしいのぉっ」

　みるくの熱い訴えに、陣は興奮のあまり頭がクラクラしてしまう。そして陣は、再び深いストロークを開始する。

「よしっ。いくぞ。子宮までチ×ポを入れるからなっ。みるくは子宮まで俺のものだっ！」

「うれしいっ、おにいちゃ、んひあぁぁーっ‼」

再び子宮を突かれ、みるくは喉を反らして口をパクパクさせる。あまりに激しすぎる快感に肉体は恐れを抱いているのか、膣肉は早く終わらせたいとばかりに肉棒をギュムギュムと締めつけてくる。しかし陣はかまわずすがりつく膣襞を掻き分け、再び奥に衝撃を叩きつける。

「んひぃぃーんっ！　あんっ、あんっ、あんっ、あひぃぃぃぃーんっ！」

子宮口を一突きされるたびに、みるくは甲高い悲鳴を上げて全身をビクッと跳ねさせる。暴力的なまでの快感に、みるくの愛らしい顔はすっかりだらしなく崩れていた。焦点を失いさまよう瞳、だらしなく開ききった口、テロンと垂れ下がった舌。しかし陣はそのどれもが愛しくてたまらない。

「みるくの顔、すごくエロいぞっ。子宮を突かれてアへ顔になっちゃってるな」

「あん、はぁんっ。あへ、がお？　アへ顔って、なぁに？」

「女の一番気持ちいい顔のことだよ。気持ちよくて気持ちよくて、どうしようもなくだらしなくなっちゃった、エロすぎる顔のことだっ。みるくは今、俺のチ×ポに子宮をズコズコ突かれて、そんな顔になっちゃってるんだっ」

「そんなっ、はぁんっ！　いやぁっ、はずかしいのぉっ。おにいちゃん、みるくのだらしないかお、アヘがおみないでぇ～っ」

みるくが羞恥で顔を真っ赤にする。しかし両手は動かせず、首をわずかに左右に振ってなんとか視線から逃れようとするだけ。

「ダメだっ。みるくは俺専用のオマ×コなんだ。そのエロいアヘ顔も俺を興奮させるためにあるんだっ」

「ふあぁ～っ！　みるくのアヘがおも、おにいちゃんのものなのっ？　はあぁんっ、みるくのいやらしい姿はぜんぶ、おにいちゃんのものなのぉっ。みるくは淫乱オマ×コだから、アヘがおもエロエロなのぉ～っ」

表情すらも兄の物。その事実が、激しくみるくを高ぶらせる。

「おにいちゃん、アヘがお見てぇっ。子宮をズンズンしながら、みるくのエッチなアヘがお見てぇ～っ！」

「ああっ。バッチリ見てるぞっ。みるくのアヘ顔見ながら、オマ×コを子宮までチ×ポで犯してるぞっ。くぅぅ～っ！　も、もうイキそうだっ！」

子宮から響く刺激とアヘ顔を視姦される羞恥で、みるくの膣肉はドロドロに潤った上にギュムギュムと収縮していた。

「みるく、イクぞっ。みるくのオマ×コでイクからなっ！」

「ふあぁっ、イッてぇっ。みるくのオマ×コで、きもちよくなってぇっ。みるくも、みるくもイキそうなのっ。オマ×コで、子宮でイキそうなのぉっ！」

陣同様に、みるくもまた絶頂を迎えようとしていた。みるくはセックスによる絶頂を覚えようとしているのだ。

「みるくも、セックスでイクんだなっ」

「そうなのぉっ。みるく、おにいちゃんとセックスでイクの、アクメするのぉっ」

「よし、同時にイクぞっ。みるくのオマ×コの奥をグリグリするから、一緒にいこうなっ」

「ふぁいっ。いくっ、いくのっ。おにいちゃんといっしょにイクのっ！」

陣は激しく腰を振り、自らの射精感を極限まで抑えつけ、みるくの膣襞に快感をすりこみまくる。そしてみるくの体がピクピクと痙攣を始めたその時、肉棒を奥の奥まで挿入し、子宮口を亀頭でグリグリと擦りたてた。

「はひぃぃぃーーーっ!?　いくっ、みるく、オマ×コいくぅぅぅーーーっ！」

みるくが絶頂を迎えたその瞬間、膣穴が肉棒をギュムギュムッと締めつける。みるくからコンマ数秒遅れて、陣も盛大に精液を放出した。

「くあぁーっ！　みるく、俺もイクッ、ザーメン出てるぞっ！」

子宮口に精液を浴びせられるあの激しさはないものの、膣奥でなにかがブクッと膨

らんだ感触に、みるくは陣も絶頂を迎えたのだと知る。

「ふあぁぁっ！　みるく、おにいちゃんとセックスでイッたのっ。一緒にアクメしたのっ。うれひいっ。うれひくて、オマ×コがまた、ヒクヒク、ひあぁぁぁ～～～んっ」

膣襞と子宮から広がる性の絶頂に加え、兄とのセックスで絶頂を迎えることができたという心の充実。みるくは激しくも甘い甘い絶頂の波に呑みこまれていった。

「くうぅ～っ！　……ふうぅ～っ」

陣は魂も一緒に抜け出てしまいそうな深い息を吐くと、みるくの膣から肉棒を抜き取る。肉棒の先ではコンドームに精液がたっぷりと溜まって伸びきり、今にも弾けてしまいそうであった。

「ふわわ……おにいちゃんのザーメン、しゅごいよぉ……。みるくのオマ×コで、そんなにたくさん出してくれたんだぁ……」

絶頂の余韻に酔いしれながら、みるくはコンドームに溜まった大量の精液を見つめる。改めて見ると、驚くほど大量であった。

「ああ。みるくのオマ×コが、俺のチ×ポを最高に気持ちよくしてくれて、こんなに搾ってくれたんだ」

「はずかしいな……。でも、みるくのどエッチオマ×コ、おにいちゃんをいっぱいきもちよくできて、よかったのぉ」

陣は上体を起こすとコンドームを外し、中身をこぼさないように指で摘む。そして、みるくの口の上まで運んだ。

「さあ、みるく。コンドームセックスの、最後の仕上げだ。みるくのエロエロマ×コで搾ったたっぷりのザーメンを、残さずゴックンするんだぞ」

「ふぁ……。エッチすぎるのぉ……。セックスして、オマ×コでしぼったザーメンを、おくちマ×コで呑んじゃうなんてぇ……」

インモラルすぎる行為に、みるくはフルフルと肢体を震わせる。しかし顔をポ～ッと桜色に染めると、自ら口を開け舌を垂らして、精液を待ち受けた。

「おにいちゃぁん……。みるくに、ザーメンのませてぇ。みるくがはじめてオマ×コセックスで、おにいちゃんといっしょにアクメした、だいじなザーメンだから。みるく、おくちマ×コでぜ～んぶ、ゴックンしたいのぉ」

淫靡すぎるみるくのおねだりに、陣はゴクリと唾を飲みこむ。そしてコンドームを傾けると、ゆっくりとみるくの口内、そして舌の上にドロドロの精液を垂らしてゆく。

「んぷ、ふあぁ……。おにいひゃんのザーメン、しゅごく濃いぃのぉ」

「みるくのオマ×コが気持ちよかったから、ザーメンもこんなに濃いのが出たんだよ」

「そうなんだぁ。……クチュ、コクン……ぷぁ。ドロドロで、ネバネバで……ザーメン、すご～く、おいひいよ～。……これからも、おにいちゃんのザーメンは……ネチャ、ゴキュン……ぜ～んぶ、みるくにのませてね」

「ああ。もちろんだよ」

トロンと愉悦に酔いながら、ダラダラと舌に垂れ落ちてくる大量の精液を美味そうに嚥下してゆくみるくを、陣は温かな視線で眺めていたのだった。


みるくはコンドームに溜まった精液をすべて呑み干してからも、口内をネロネロと舐めまわして、残滓の味を名残惜しげに味わっていた。その淫靡すぎる様子に、陣の肉棒は再び首をもたげる。

陣は再びコンドームを装着すると、みるくの蜜壺に肉棒を挿入する。そして挿入したまま、みるくの小さな体を抱き起こした。

「ふあぁっ！　おにいちゃん、オチ×ポが奥に当たるよぅ」

「ふふ。もっとすごいことをしてやるよ。それっ」

そして陣は、みるくを抱きかかえて挿入したまま、さらにその場を立ち上がった。

「ふあぁんっ！　お、おにいちゃん？」

「ふふ。みるくは今から、俺の携帯オマ×コだ。こうしてセックスしながら持ち運んじゃうぞ」

陣はみるくを抱きかかえたまま室内をうろうろと歩き始める。陣が一歩踏み出すたびに、子宮口に肉棒がズンと当たり、みるくの腰を痺れさせる。

「ひあぁぁ〜っ！　みるく、おにいちゃんの、ケータイオマ×コになっちゃったぁ。みるくは、これからどこでも、セックスされちゃうのぉ？」

「ああ。俺専用の携帯オマ×コだからな。俺がしたくなったらその場でセックスして、オマ×コでザーメンを搾るんだ。心配しなくても、搾ったザーメンは全部みるくのくちマ×コに呑ませてやるからな」

「ふあぁぁ……エッチすぎるぅ……。みるくは、おにいちゃん専用の、ケータイオマ×コ。いつでもどこでもおにいちゃんのオチ×ポからザーメンをしぼっちゃう、いやらしいザーメン搾り器なのぉ〜。ふあぁぁぁ〜っ！」

みるくは自分で口にした卑猥な言葉で、軽いアクメに陥ってしまう。それから陣は、家中を挿入したまま歩きまわってみるくを何度も喘ぎ鳴かせ、数えきれないほどの絶頂に導いたのだった。

ぺろぺろ6 妹からごっくん恋人へ……

陣とみるくが結ばれてから、一カ月が経った。二人は毎日のように体を重ね合い、みるくはそのたびに精液を嚥下したが、いまだみるくの体に変化は現れていない。身長も変わらず、腋も股間も無毛のままだ。

変化がないのは残念ではあるものの、理想とはほど遠い自分を兄はたくさん愛してくれる。それがみるくには嬉しかった。陣もまた、自分のために一生懸命になってくれるみるくが愛しくてたまらず、その想いに応えようとみるくを求めつづけた。

いまだ目的の達成は遠いものの、二人は共に、幸せな日々をすごしていたのだった。

股間を熱く湿った肉にねっとりと包まれている心地よさに、陣は目を覚ます。首を曲げて下腹部を見ると、朝立ちしている肉棒をみるくが愛らしい口を大きく開けて咥えこんでいた。

「ジュパ、チュパッ……あ、おにいちゃん、目が覚めたんだね。おはようっ」

陣の目覚めに気づき、パジャマ姿のみるくが挨拶と共にニコッと微笑む。しかしその口は肉棒を頬張ったままだ。

「おはよう、みるく。今日はちゃんと起きられたんだな」

「うんっ。チュパッ、おにいちゃんにお目覚めフェラできもちよく起きてもらうのは、わたしの大切な役目だもん」

「その割には昨日は寝坊して、寝ながらチ×ポをうまそうにしゃぶってたけどな」

「やぁん。それは言っちゃダメ〜。チュパッ、チュウゥ〜ッ」

初体験の翌日から、朝立ちした肉棒をしゃぶり朝一番の濃厚ザーメンを呑むのがみるくの日課になっている。といってもみるくは眠りが深く朝が弱いため、最初の頃は目覚める前から陣に口を犯されるばかりであった。

それでも最近はようやく慣れてきたのか、二日に一度は先に目覚め、こうして陣が目覚めるまで肉棒をこってりとしゃぶっているのだ。

「みるく。もう思いきりしゃぶってもいいぞ。朝一番の濃いザーメン、呑みたいだろう」

「うんっ。それじゃおにいちゃん、ガマンしないで、きもちよくなったらみるくのおくちマ×コにザーメンたくさんドピュドピュしてね。ジュボボッ、ジュパジュパ、ジュルルル〜ッ」

みるくは唇をすぼめると、口内粘膜を肉棒にペッットリと張りつける。そして喉の奥まで咥えこむと、下品な音を立ててジュパジュパと肉棒をしゃぶりだした。

陣が目覚めるまではねっとりと濃密な奉仕で限界まで興奮を高め、目が覚めたら強烈な吸引で一気に射精させる。これは陣が教えた奉仕の手順だ。

一度絶頂を知ってから、みるくは乾いたスポンジのように、陣が教える性知識やテクニックをグングン吸収していった。みるくには奉仕への天性の素質があるようだ。加えて性行為への抵抗感が薄いことも上達の要因であった。

喉奥まで肉棒を咥え、卑猥な音を立てて吸い立てるディープなバキュームフェラ。濃厚な口奉仕をつづけながら、みるくは瞳を潤ませて兄の顔を見つめる。

(ふあぁ、おにいちゃんが見てるぅ。エッチな顔してオチ×ポをおいしそうにしゃぶっちゃってる、みるくを見てるよぅ。ふあぁぁあんっ)

笑みを浮かべてフェラ顔を視姦している兄の、その視線にみるくのマゾ性がゾクゾクと刺激される。それを感じ取った陣は、みるくの被虐を言葉でさらに煽る。

「鼻の下を伸ばして、ほっぺたをへこませて、ひょっとこみたいにチ×ポにむしゃぶりついて。くぅっ。みるくのかわいい顔が、こんなに下品になっちゃうなんてな。みるくのオカズ顔で、俺のチ×ポもますますビンビンになっちゃうよ」

「ジュプジュプ、ジュルルッ。ふあぁ、みるく、オカズ顔なのぉ。みるくはおにいちゃんのオチ×ポを興奮させるための、ジュポッジュポポッ、おにいちゃん専用のエッチなオカズ女優さんなのぉっ」

みるくの口淫が、さらに激しさを増す。みるくは頭を上げ下げし、亀頭から根元までを口内でズボズボとしごきたててゆく。

「うあぁっ。すごいぞ、みるくっ。まるでみるくの頭が、俺のチ×ポからザーメンを搾りだす道具になってるみたいだっ。みるくは俺専用のオナホールだっ」

「ズボッズボッ、オナホール、ジュボボッ、みるく、おにいちゃん専用のオナホール……ズジュッ、ジュプルルーッ」

兄の性処理の道具になる。そんなことすら、みるくは嬉しく感じられてしまう。やがてみるくの激しすぎる口淫に、陣は限界まで追いつめられる。

「くぁっ、出るっ、もうすぐザーメン出るぞ、みるくっ」

兄の切羽つまった声を聞き、みるくは放出を受け止める準備に入る。みるくは肉棒を横咥えし、亀頭の先端を内頬に押しつけた。みるくの愛らしい顔が内側から肉棒で押され、卑猥に変形してしまう。

「おにいひゃん、みるくのほっぺに出してぇっ。みるくのビンカンほっぺに、おにいちゃんのあついザーメンをドパドパかけて、ジンジンしびれさせてほしいのぉっ。レロレロ、チュブブッ」

みるくは横咥えした肉棒に舌をネロネロと絡め、肉幹に唇をムチュムチュと這わせる。そして薄い頬肉の上から、手のひらで亀頭をグリグリと擦りつけた。

「くおぉっ、出るぞっ、出るうぅっ！」

ブビュッ！　ビュプビュプッ、ドビュビュッ！

「ふみゅうぅぅ〜〜〜んっ！」

（ひあぁっ！　ザーメンあついのぉっ。みるくのほっぺ、やけちゃうぅっ）

灼熱の粘液を敏感な粘膜にビチャビチャと浴びせられて、みるくは瞳を揺らし、全身をピクピクと痙攣させる。内頬で軽いアクメを迎えながら、それでもみるくは懸命に唇を締め、口外に精液が溢れるのをなんとか防ぐ。

長い射精が終わった時には、みるくの両頬は精液でパンパンになっていた。みるくは唇を締めたまま、ズリズリと肉幹の表面を這わせつつ頭を上げ、口から肉棒を抜き取ってゆく。

そしてみるくは陣の体にうつ伏せに乗っかり、陣の目の前で精液のつまった口をニチャッと大きく開いた。

「みるくのかわいいおくちが、俺のザーメン入れになっちゃったな」

陣は呟くと、みるくの口内に指を伸ばす。精液をグチュグチュと掻きまわしながら、歯茎や内頬を指でなぞり、舌を摘んでクニクニと弄りまわした。

「んふぅ〜んっ……おくひマ×コ、いじっちゃらめえぇ……」

（はあぁぁっ……ザーメンでジンジンしてるおくちマ×コ、そんなにいじられちゃったら、うずうずしておかしくなっちゃうよぉ……）

精液の溜まった口内を刺激されてうっとりとしているみるくの様子に満足げな表情を浮かべた陣は、口内から指を引き抜くとみるくの唇で残滓を拭い取る。そして、次の指示を待って潤んだ瞳を向けているみるくに、コクンと頷いてみせた。

「おにいひゃん……みゆくのゴックンアクメ、みてくらしゃい……。……んく……ゴクンッ。……んひゅぅぅぅ〜っ！」

みるくは口を閉じると、ゴクンと喉を鳴らし精液を嚥下する。精液が喉を流れ落ちた瞬間、カッと喉が燃え上がり、次いで全身がビリビリッと痺れてしまう。度重なる精飲に、みるくの肉体はすっかり精飲アクメを覚えていたのだ。

「んぷ、ゴキュンッ。ふみゅうぅ〜っ！　んっんっ……ぷぁ……」

ピクピクと肢体を震わせ、それでもなんとかみるくはすべての精液を呑み下す。そしてみるくはぽっかりと口を開け、陣の前にぬらついた口内を晒した。

「おにいちゃん、ザーメン、ごちそうさまでしたぁ」

「ああ。今日もよくできたな。ザーメンを呑みながらイッちゃうみるく、すごくエロエロでかわいかったよ」

陣はみるくのおでこにチュッと唇を重ねる。濃厚な行為の後にしては随分と軽いスキンシップであったが、しかしみるくはその口づけに、本当に嬉しそうな笑顔を浮かべたのだった。

今日は日曜日。学園はお休みである。しかしみるくの所属するチアリーディング部はこの日、午後から学園のグラウンドで練習があった。今朝、陣がのんびり寝ていてみるくが先に目を覚ましたのも、そんな理由があったからだ。

みるくのお目覚めフェラでたっぷりと射精した陣であったが、みるくの舌で後始末をしてもらっているうちに、再び欲望が首をもたげてきた。みるくもまた、目元を赤く染めて、太股をもじつかせながら陣を見つめている。幸い、時刻はまだ午前九時。二人が愛し合う時間は充分にあった。

「おにいちゃぁん。この格好、恥ずかしいよう」

みるくは両手で胸と股間を隠し、もじもじしている。陣に頼まれて、みるくは今、裸にエプロンを一枚だけ纏った状態になっているのだ。

「すごくエッチだよ、みるく。俺、めちゃめちゃ興奮しちゃってる」

陣は背後からみるくを抱きしめると、エプロンの上からみるくの乳房をムニュムニュと揉みしだく。そしてコンドームを装着した肉棒を、すでに潤っているみるくの膣穴にズブズブと沈めていった。

「ふあぁ〜んっ。おにいちゃんのオチ×ポ、みるくのオマ×コに後ろから入ってくるのぉ〜っ」

肉襞をカリ首に擦られ、みるくは甘い声を上げる。陣はゆるゆると腰を使いながら、喘ぎを漏らしているみるくの唇に、白い棒状のモノを挿し入れた。それはみるく用に買い置きしてあるミルクキャンディーであった。

「さあ、みるく。オマ×コでチ×ポを咥えこみながら、口でキャンディーをしゃぶるんだ。俺にフェラチオをするみたいに、いやらしくな」

「あんっ、ひあぁっ。ふあぁい。はむ、あむ……チュパ、チュウゥッ」

ゾリゾリと膣襞を擦られ甘い声を上げながらも、みるくは言われるがままにキャンディーをチュパチュパとしゃぶり始めた。

陣はみるくの愛らしくもいやらしいフェラ顔の虜になっていた。そこで、フェラ顔を視姦しながらセックスする方法はないかと考え、みるくにキャンディーを擬似フェラさせつつセックスすることを思いついたのだ。

ちなみにエプロンを着せたのは、みるくがよくキャンディーを舐めて口元をベトベトに汚している姿を見ているからである。このエプロンがあれば、激しく突かれて唇から唾液をこぼしても安心だろう。しかし、裸の上にエプロンだけ纏わせたことで、陣は自分でも予想外の興奮に見舞われていた。

「みるくの乳首、エプロンの上からでもわかるほど、コリコリに立ってるぞ」

陣はエプロンの胸元から手を入れると、みるくの乳房をふにゅりとつかみ、勃起した乳首をクリクリとこねまわす。

「んぷぁっ、ひあぁぁんっ。おにいちゃん、乳首いじっちゃだめぇっ」

乳首から生じる快感に、みるくがクネクネと身をよじらせる。陣の予想通り、みるくの唇から唾液がこぼれ、エプロンにポタッと染みを作った。

「ほうら、エプロンの裾、めくっちゃうぞ。俺にバックから犯されてるみるくのオマ×コが、丸見えになっちゃうぞ」

「やぁんっ。だめだめっ、みるくのオマ×コ、恥ずかしいから見ちゃだめぇ〜っ」

イヤイヤと首を振り身悶えるみるくだが、陣が亀頭で子宮口をコツンとついてやると、ピクピクッと肢体を震わせ動きを止めてしまう。

陣はエプロンの裾をめくると、みるくに結合部を見せつけてやる。

「ふふ。見えるだろう、みるく。みるくのいやらしいオマ×コが、よだれをいっぱい垂らして俺のチ×ポを咥えこんでいるのが」

「ふあぁ……み、見えるよぉ。みるくのエッチなオマ×コ……だいすきなおにいちゃんのオチ×ポを、エッチなお汁をいっぱいあふれさせてはむはむって食べちゃってるはずかしいどエッチオマ×コ、見えちゃってるのぉっ。ふあぁぁ～んっ」

いやらしく肉棒をむしゃぶる膣口を見せつけられ、湧き上がる興奮にみるくが甘ったるい鳴き声を上げる。

「それじゃ、オマ×コに負けないように、口のなかのチ×ポキャンディーもいやらしくしゃぶってみようか。まずは舌でペロペロ舐めているところを見せてほしいな」

陣は腰の動きを止めると、いったんみるくの口からキャンディーを引き抜く。ニュポッという音と共に、唾液に塗れて糸を引くキャンディーが口中から姿を現す。

「ふあぁ……チ×ポキャンディー……。なめます……みるく、チ×ポキャンディー、なめちゃうのぉ……。チロ、チロチロ……。ペロッ、レロッ、ネロネロッ」

みるくは陣に言われるがまま、初めは小さく、そして少しずつ大きく大胆に、キャンディーを舐め上げる。陣はみるくの淫靡な舌遣いを視姦しつつ、豊かな乳房をサワサワと撫でまわし、肉棒で膣穴の締めつけを堪能した。

「次は、おしゃぶりだ。俺を興奮させるように、ジュパッジュパッていやらしい音を立てながらしゃぶるんだぞ」

「ふあぁい……はぷっ。チュパッ、チュパチュパッ。チュチュッ、チュウゥ～ッ」

みるくはすっかりトロンと瞳を蕩けさせ、音を立ててキャンディーをしゃぶりたてる。その姿に興奮した陣は、みるくの乳房をギュムギュムと揉みしだく。

「ジュパパッ、ひあぁんっ。おにいひゃん、おっぱいらめぇっ。はぷっ、チュルルッ、ジュパッジュププッ」

強めの乳房愛撫にみるくが身悶え、膣穴がキュムキュムッと肉棒を締めつける。唾液と混ざり溶けたキャンディーが、みるくの唇のまわりを白く汚してゆく。

「駄目じゃないか、みるく。こんなにこぼしちゃ。レロッ、レロォ～ッ」

「んぷっ、はひゅぅんっ。おにいちゃんが、みるくのおくちのまわり、ペロペロしてるぅ。は、はじゅかひぃのぉ～」

陣に舌で口元や顎をベロベロ舐め上げられ、みるくは肌を朱に染める。

「みるくの甘～い唾液に、キャンディーの甘さも混じって、俺の舌、蕩けちゃいそうだよ。レロレロッ、ベロォ～ッ」

「ふあぁ……みるくも、とろけちゃってるのぉ……。おにいちゃんとセックスしながらペロペロされて、みるくの胸のおくもトロトロになっちゃってるのぉ～」

みるくは本当に、心まで蕩けきった甘い鳴き声を上げた。その声に再び欲望を駆り立てられ、陣はみるくの腰を両手でつかむ。

「みるく、動くぞ。チ×ポキャンディーをペロペロしてトロトロになったみるくのスケベマ×コを、たっぷりチ×ポでついてやるからな」

「は、はひぃぃ。つ、突いてぇ。みるくのどエッチなオマ×コ、おしゃぶりでとろけちゃうエロエロオマ×コ、おにいちゃんの好きなようにたくさん突いてくださぁい」

みるくは両手でキャンディーをしっかり握ると、陣に体を預ける。陣は思いきり腰を引くと、ズンッとみるくの膣奥を勢いよく突き上げた。

「ひうぅぅんっ！　オマ×コッ、チュパッ、オマ×コしゅごいのぉ〜っ」

膣奥を小突かれ、みるくが甲高い喘ぎを漏らす。陣はつづけて、ズコッズコッとみるくの膣奥を犯してゆく。

「ひうっ、ひゃうぅんっ。チュパッ、んぷぅっ。きもひいいっ、チュプゥッ、後ろからズンズンされると、みるくのからだ、ジンジンしびれちゃうぅ〜っ」

陣は一定のリズムを刻み、みるくの膣穴をズブズブと犯しつづける。みるくはアンアンと愛らしく鳴きながらも、しっかりとキャンディーを握って懸命におしゃぶりをつづけていた。

「ふあぁぁ、きもひよくて、おくひのなかがトロトロにあまくてぇ……んぷぷっ、みるくの頭のなか、ふにゃふにゃになっちゃうよぉ〜っ」

まるで夢の国にいるかのような心地に、みるくは瞳をゆらゆらと揺らめかせて酔いしれる。みるくの膣穴もいつも以上に蕩けて潤い、陣の肉棒にたまらない快感をもたらす。

やがて、陣は射精欲求が抑えきれないほど膨らんでゆくのを感じる。陣は壁際まで歩くと、みるくを壁に押しつけつつ、さらにズボズボとバックから犯してゆく。

「みるく、イクぞっ。みるくのトロトロオマ×コで、お兄ちゃんはイカされちゃうぞ」

「ふぁぁん、イッてぇ。オチ×ポをおしゃぶりするのがだ〜いすきな、みるくのどエッチオマ×コで、たくさんきもちよくなってザーメンだしてぇぇ〜っ」

壁と兄の体に挟まれながら蕩けそうな顔をして、みるくはキャンディーを咥えたまま振り返り、甘い甘いおねだりをする。

そして、陣の欲望も盛大に弾ける。

「くおぉっ！　いくぞ、みるくっ、いくぞぉーっ！」

陣はみるくの膣奥に亀頭をグリグリと擦りつけながら、絶頂を迎える。薄いゴム一枚の先で感じる、ドクッドクッという凄まじい勢いの熱い射精に、みるくの肢体もビクビクッと跳ねる。

「ふぁぁぁんっ、いくぅっ！　みるくっ、おにいちゃんといっしょにっ、いっちゃうのぉ〜っ！」

陣はドクドクとものすごい勢いで精液を吐き出し、コンドームの精液溜まりがぷっくりと膨らんでみるくの子宮口を圧迫する。壁に押しつけられ、ムニュッとひしゃげるみるくの乳房。その先端で、敏感な乳首が壁にゴリゴリ押しつけられ、膣の快楽に乳首から生じる快感も混ざり、みるくはがに股になった足をプルプルと震わせた。

やがて、陣はすべての放出を終えると、みるくの膣穴から肉棒をズルリと引き抜いてゆく。絶頂に腰砕けになり、みるくはその場でへなへなとへたりこむ。

陣はコンドームを外すと、なかの大量に溜まった精液を、いまだ勃起したままの肉棒にドロドロとかけてゆく。

「あぁ……おにいちゃんのオチ×ポが、ザーメンでドロドロになっていくよぉ」

白濁に染まってゆく肉棒を、みるくは悦楽に蕩けた瞳でぼんやりと見つめている。

「みるく。その甘いミルクキャンディーと、俺のザーメンチ×ポ、どっちが食べたい？」

陣はニヤッと笑って尋ねる。みるくはおもむろに口からキャンディーを取り出すと、大きく口を開けて精液まみれの陣の肉棒を、パクリと咥えこむ。

「あ～ん……はむぅぅんっ。みるく、チュパ、こっちがしゅきぃ。あまぁいミルクキャンディーもだいすきだけど、チュパチュパッ、みるくはおにいちゃんのザーメンとオチ×ポが、いちばんだいすきなのぉ～っ。ジュパッ、ジュチュ～ッ」

精液を味わい嚥下しながら、みるくはうっとりと肉棒を舐めしゃぶる。予想した通りの答えに陣は嬉しくなり、みるくの小さな頭を優しく撫でてやるのだった。

朝から交わってしまったため、二人は一緒に風呂に入り、イチャイチャしながら互いの体を洗い流した。

その後、朝昼兼用の食事を取ってから食休みをすると、みるくが出発するちょうどいい時間になっていた。

そして、みるくと陣は連れ立って学園へと向かった。陣は街を軽くぶらついてくるとのことで、二人は校門前で別れた。後で練習を見に来るという兄の背中を手を振って見送ってから、みるくは部室へと向かった。

「み〜るくっ」

ムニュゥッ。

「ひゃんっ⁉」

着替え中に突然背後から胸をわしづかみされ、みるくはかわいい悲鳴を上げた。

「みるくのおっぱい、また大きくなったんじゃないの？　やっぱり牛乳に効果があるのかしら。みるくは牛乳好きだもんね。私ももっと牛乳飲もうかな」

犯人は優だった。乳房を揉みながら、首を傾げて思案する。

「ゆうちゃん、そんなにおっぱい、もんじゃだめぇ。まりちゃんたすけて〜っ」

乳房を揉みしだかれて、みるくはもう一人の友人に助けを求める。しかし真里は笑いながら二人を見ているだけ。

「ゆるしてあげなさいよ、みるく。優はぺたんこ星人だから、みるくの胸がうらやましくて仕方ないのよ」

「ぺたんこって言うなっ。ま、私だってアンタみたいなモサモサ星人じゃなくてよかったけどね」

「モサモサですって〜っ！」

控えめな乳房と濃い目の体毛。それぞれのコンプレックスをつつき合う少女たち。人は皆、自分には無い物を求めるのかもしれない。

「モサモサって言えばさ」

「だからモサモサって言わないでよっ」

優はなにかを思い出したのか、抗議する真里を無視して、みるくの乳房から手を放すとユニフォームに着替えながら話しだす。

「例の、男のアレを呑むと毛が濃くなるって噂、あったじゃない。あれって結局、デマだったらしいよ」

「えっ⁉」

優の言葉に、みるくは思わず固まってしまう。真里も顔色を変えるが、優は気づかず話をつづける。

「インターネットでも、噂が出てすぐに、デマだってかなり叩かれてたみたい。それなのに今月また、あの雑誌に変な記事が載ってたのよ。今度は『男のアレを呑むと美白効果が～』だってさ。なんかバカらしくて、私もう今月からあの雑誌買うの本当にやめちゃった。なんなんだろうね。記者のなかに、アレを呑ませるのが好きな人でもいるのかな。……あれ？　どうしたのみるく？」

ユニフォームから頭を出した優は、みるくがすっかり固まっているのに気づく。その隣では、真里が額を指で押さえ顔をしかめていた。

「ねえ真里。みるく、どうしたの？」

「……あんたに希望を奪われて、呆然としてるのよ。……はぁ」

「まさかみるく、あの噂本当に信じてたの⁉　まあでも、試してみる前にデマだってわかってよかったじゃん。ダメだよ～みるく。変な噂をすぐ信じちゃ」

真里の溜息の意味に気づかず、優は能天気に笑い、凍りついたままのみるくの頭をポンポンと軽く叩くのだった。

（あの噂、ウソだったんだ……。ザーメンをたくさん呑んでも、毛は生えてこないし、セクシーにもなれないんだ……）

練習が開始してからも、みるくは呆然とそのことばかりを考えてしまい、まるで集中できずにいた。

（どうしよう。おにいちゃんが、噂がウソだってことを知っちゃったら……。わたしがセクシーになれないって知って、ガッカリしちゃうよね。ううん、それだけじゃないかも）

みるくの脳裏に、最悪の結末が浮かぶ。

（おにいちゃん、子供っぽいわたしにガマンしてエッチなことをたくさん教えてくれてたのに。わたしがセクシーになれないってわかったら、怒っちゃって……。もう二度と、エッチなことも、オトナのキスも、してくれなくなっちゃうかも。はうぅっ、そんなのイヤだよぅ〜っ）

みるくの体も心も、すっかり陣に染められることの喜びを覚えきっていた。いまさらただの妹に戻り、触れ合うことができなくなるなど、到底耐えられなかった。

（ヒミツにしてれば、わかんないかな。でも、おにいちゃんがどこかでウソだって聞いちゃったら。みるくはウソつきだって言われて、嫌われちゃったら……。あぁん、もう、どうしたらいいのかわかんないよ〜っ）

「みるく、次、ジャンプだよ」

「えっ。う、うんっ」

頭のなかは兄とのことでいっぱいであったものの、体が覚えていたのか練習は進んでいたらしい。優に声をかけられ我に返ったみるくは、優と真里が作った足場に乗り、高くジャンプする。そのまま背中から二人の出した手の上に落下するはずだったのだが、ジャンプの頂点で、みるくは見てしまった。今、一番会いたくない人の姿を。

「お、おにいちゃ、きゃあっ」

みるくはバランスを崩して斜めに落下してしまう。二人はうまくキャッチできず、みるくの体は二人の手の上でボフッと弾み、そのまま地面に落ちてしまった。

「きゃんっ！」

地面に落ちた時に軽く頭を打ってしまい、みるくは悲鳴を上げる。後頭部がズキンと痛み、やがて意識が遠くなっていく。

「みるくっ‼」

兄が自分の名を呼ぶ声が、ぼんやりと遠くに聞こえる。

「おにいちゃん……ごめんなさい……」

薄れゆく意識のなかで、みるくは小さく呟いたのだった。

「んん……。あ、あれ？　ここは？」

「目が覚めたか。よかった……」

みるくが目を覚ますと、目の前には兄の安堵した顔があった。

「おにいちゃん？　わたし、どうしたの？」

「練習中に頭を打ったから、保健室に運んだんだよ。軽い脳震盪だってさ。すぐに意識は戻るはずって言われてはいたけど、なかなか目を覚まさないから……心配したぞ」

「あ……そっか。あの時……」

みるくの脳裏に、ジャンプの着地に失敗した瞬間の記憶が浮かんでくる。そしてその時、今は兄に会いたくないと、そう思っていたことも。

「部活はさっき終わったみたいで、みるくの友達が様子を見に来てたよ。俺がついてるからって、帰ってもらったけど。保健の先生は今、用事があるから職員室に行ってるってさ。気分が悪くなければ帰っても大丈夫だって言ってたけど、どうだ？　起きられそうか？」

「う、うん。もう平気」

みるくが小さく頷くと、兄は満面の笑みを浮かべた。そして兄は、みるくに手を差し出す。

「よかった。それじゃ、一緒に帰ろうか」

しかし、みるくはその手を握ることができなかった。この兄の優しさを、失うことが怖かった。みるくの小さな体がフルフルと震え、その愛らしい顔がクシャクシャに歪んでゆく。

「み、みるく？　どうした、どこか痛いのか？」

突然泣き出しそうになったみるくに、陣はおろおろしてしまう。そんな優しい兄の姿がまた、悲しくて。とうとうみるくは瞳からポロポロと涙のしずくをこぼし、泣き出してしまった。

「ふぇ……ふえぇぇぇんっ。おにいちゃん、ごめんなさぁいっ。ふえぇぇ〜んっ」

「み、みるく⁉　な、なんだ。どうしたんだよ、みるく」

数年ぶりに見るみるくの涙に陣は激しく動揺する。そしてとにかく落ち着かせようと、みるくの小さな肩を胸にギュッと抱きしめた。兄のぬくもりはみるくに安らぎをもたらし、それ故にその安らぎを失ってしまったらと思うと耐えられなくて、みるくは陣の胸のなかで嗚咽《おえつ》しつづけたのだった。

「……なるほどな。その噂、デマだったのか」

「う、うん……ヒクッ。だから、今までおにいちゃんがたくさんザーメンのませてくれたけど、みるく、セクシーになれないの。おにいちゃんの好みの、オトナの女の人にはなれないのぉっ……ヒック、グスッ」

みるくはすすり上げながら、陣に真実を打ち明けた。陣はみるくの話をただ黙って聞きながら、みるくを胸に抱き、その小さな頭を撫でつづけた。

「おにいちゃん、怒っちゃったよね。ぜんぜんセクシーじゃないみるくに、ガマンしてエッチなことをたくさん教えてくれてたのに、ぜんぶウソだったんだもん。もうみるくなんかとは、エッチもキスも、したくないよね。クスン、クスン」

みるくはスンスンと鼻を啜っている。陣はみるくの口にした言葉に愕然とした。みるくは、陣が我慢してみるくと体を重ねていると思いこんでいたのだ。

噂を信じている故にエッチに積極的になっているみるくを、陣はわかっていてそのままにしていた。がしかしそれが、みるくの心を大きく傷つけることになってしまったのだった。

「……ちがうよ、みるく。俺は怒ってなんかない。だって、俺がセクシーなオトナの女が好きだなんて……ウソっぱちなんだから」

「ふぇ……？」

絞り出すような陣の呟きに、みるくは一瞬泣き止む。そして陣は、初めてみるくに正直な気持ちを打ち明ける決意をした。

「俺が好きなのは、セクシーな女じゃない。俺が好きなのは、ちっちゃくて明るい、笑顔のかわいい女の子……。いや、見た目なんかどうだっていい。この先セクシーになっても、今のままでも、どっちでもいいんだ。俺が本当に好きな女の子は……みるく。お前なんだ」

陣の突然の告白に、みるくはポカンとして固まってしまう。しかし、しばらくそのまま固まっていたみるくは、やがてどこか悲しげな笑みを浮かべた。

「本当にやさしいね、おにいちゃん。みるくのために、ウソをついてくれるんだ」

「い、いや、嘘じゃないって。俺は本当にみるくが……」

「ううん、いいの。おにいちゃんは、みるくがこれからもおにいちゃんの妹でいられるようにって、考えてくれたんだよね。……うん。みるくも、もうワガママいわないよ。みるくは、おにいちゃんのただの妹に戻るね。エッチも、キスも、もうしてもらえないけど……。でも、おにいちゃんの妹でいられたら、それだけでみるく、幸せだもん……」

「だから、違うんだってっ！」

みるくは、陣が優しさで嘘を吐いていると思っているようだ。無理もない。長年セクシーな大人の女が好きだとうそぶいてきたのだ。いまさら本当はみるくが好きだったと言っても、そう簡単には信じてもらえないだろう。

どうすれば、みるくに本当の気持ちをわかってもらえるだろうか。陣は必死で考え、そして一つの方法を思いつく。

陣自身、今、みるくの心が離れてしまったら、もう二度と兄妹というハードルを越えることはできないとわかっていた。陣は素早く周囲を確認する。日曜日の学園はひっそりとしていて、自分たち以外の気配は感じられず、保健教諭が戻ってくる気配もない。覚悟を決めた陣は、みるくをベッドの上にガバッと押し倒した。

「きゃあっ！　お、おにいちゃん⁉」

みるくは驚いて目を丸くしている。陣はみるくの右腕をつかんで上に上げると、チアユニフォームから覗くみるくの腋を全開に晒させた。

「みるく。俺は本当に、みるくが好きなんだ。セクシーなオトナの女じゃなくたって、かわいいみるくが大好きなんだっ。これから、俺はそれを証明する」

「しょ、証明って、どうするの？」

「これからみるくの、ツルツルの腋を舐める。毛が生えてないこのツルツルの腋を舐めつづけて、興奮してチ×ポがビンビンになったら、みるくがオトナじゃなくても俺が好きだっていう証拠になるだろ」

「そ、そんなの……でも……」

陣の顔は真剣だった。とても嘘を吐いているようには思えない。もし陣の言葉が本当であるなら、それはみるくにとってなによりの幸せなのだ。誰よりもみるくが、その言葉を信じたいと願っているのだ。

「……う、うん。そ、それじゃ……おにいちゃんが、みるくを一人の女の子として好きだっていうこと……証明、して」

「ああ。必ず証明するよ」

瞳を潤ませて見つめるみるくに、陣はしっかりと頷き返す。そして、みるくの腋に想いをこめて、口づけをするのだった。

「ひゃうっ。おにいちゃん、くすぐったいよぅっ」

「みるく、動いちゃダメだろ。腋にキスできないじゃないか」

「だってぇっ。わたし、ワキの下、くすぐったくて苦手なのぉっ。ひゃあぁんっ」

チアユニフォームのまま右腕を上げて腋を露出させたみるくを抱き寄せ、陣はみるくの腋にキスの雨を降らす。くすぐったがりのみるくはピクピクと体を痙攣させ、その場を逃れようとするが、陣は決して逃がさない。

「みるくの腋、感じやすいんだな。ワキマ×コになる素質バッチリだ」

「ちがっ、くすぐったいだけだよぉっ。それに、こんなツルツルの子供みたいなワキなんか、セクシーな女の人みたいに、ワキマ×コになんかならないもんっ」

　陣はこれまで、あえてみるくの腋を攻めることはなかった。みるくはそれを、陣が子供っぽい腋を見るのがいやだからだと思いこんでいた。しかし真相は違う。熱心に腋をねぶりすぎて、本当はセクシーさなどどうでもよいのだということをみるくに悟られるのを、陣が恐れたためだった。

「そんなことないよ。チュッ、チュウッ。みるくの腋、すごくかわいくて魅力的だよ。練習の後だからかな。ほんのり甘酸っぱい匂いがして、クンクン、すごく興奮しちゃうよ」

「ひあぁっ、チューチューしちゃダメッ、ニオイ嗅いじゃダメェッ」

　恥ずかしい腋の匂いを嗅がれ、たっぷりとキスマークを刻まれて、みるくは羞恥に腰をくねらせる。

「みるくの腋、ベロベロ舐めちゃうな。たっぷり舐めて、感じまくるエッチなワキマ×コにしてあげるからな。ベロッ、レロォ～ッ」

「ひゃんっ。ひゃははっ、らめっ、ワキなめちゃらめなのぉ～っ。きゃはは、ひゃはぁんっ」

　ベロリと腋をひと舐めされるたび、みるくは笑い声を漏らし、肢体をピクピクと震わせる。しかし陣は容赦なく、みるくの腋をねぶりまわしつづける。

（ひゃふぅっ。くすぐったくて変になっちゃうっ。でもおにいちゃん、みるくのワキを一所懸命舐めてるっ。鼻息がワキに当たってくすぐったいのっ。おにいちゃん、興奮してるの？　みるくのワキを舐めて、ほんとうに興奮しちゃってるの？）

一心不乱に腋の窪みを舐めまわす陣を、みるくは胸をドキドキ高鳴らせつつ見つめる。いつしか腋がカァッと熱を帯び、くすぐったさのなかにジンジンと痺れる甘い感覚が混ざり始める。

「レロレロッ、ベロォンッ。ああ、みるくのツルツルワキマ×コ、スベスベですごく気持ちいいよ。いくらでも舐めていたいよ」

「ああ……ひゃうっ……おにいちゃぁん……ひあぁんっ」

陣が本当にみるくの腋にのめりこんでいるのがわかり、みるくの背筋がゾクゾク震える。

（おにいちゃんの唾液で、みるくのワキ、ネトネトになっちゃってるぅ。あんなにいっぱい、オマ×コを舐めるときみたいに舐めてくれるなんて……。みるくのワキ、こんなにツルツルで子供っぽいのに、おにいちゃんを興奮させちゃってるの？）

そして、みるくは気づく。陣の股間がズボンの下で大きく隆起しているのを。

（ふあぁっ、おにいちゃんのオチ×ポ、大きくなってるっ。みるくのワキを、ワキマ×コをナメナメして、オチ×ポ興奮しちゃってるのぉっ）

みるくの視線を察知した陣は、舌の動きは止めずにチャックを下ろす。そして肉棒

をまろび出させ、白手袋を嵌めたみるくの左手に握らせた。

「どうだ、みるく。お兄ちゃん、興奮してるだろ」

「うん、うんっ。手袋越しでも、オチ×ポがすごく熱いのがわかるのっ。おにいちゃん、みるくのワキで興奮してくれてるのっ」

「ああ。俺はみるくのツルツルワキマ×コが大好きなんだ。すごく興奮しちゃうんだっ。さあ、みるく。もっともっと舐めさせてくれ。みるくのかわいくてエッチなワキマ×コを。ベロッ、ネロネロッ、ベロオォォ～ッ！」

「ひうぅぅぅ～っ！　ワキがっ、ワキがあついのっ。ジンジンするのぉ～っ」

陣がみるくの腋で興奮することをみるくが理解したにもかかわらず、陣はみるくの腋を執拗にねぶりつづける。陣はさらに、みるくの腋を快楽器官として目覚めさせようとしていた。それは子供っぽさの象徴と思っている無毛の腋の魅力を、みるく自身に理解してもらうためでもあった。

「おにいちゃぁんっ。みるくのワキ、うずうずするのぉっ。オマ×コをたくさんペロペロしてもらった時みたいに、とろけちゃいそうなのぉっ」

「チュバチュバッ、ネロォッ。みるくの腋、エッチなワキマ×コになってきたみたいだな。このままワキマ×コアクメできたら、どんなセクシー美女にも負けない、最高に魅力的な腋になれるぞっ。ベチョベチョ、レロレロォッ」

（ひあぁっ、なりたい、なりたいよぅっ。すごくくすぐったいけど、でも、もっとワキを舐められて、ワキマ×コでアクメしたいのっ。おにいちゃんをトリコにしちゃうような、エッチなワキマ×コになりたいのぉっ！）

腋で絶頂する姿を、大好きな兄に見て喜んでもらいたい。その想いが、みるくの敏感な肢体をさらに燃え上がらせる。意識が腋に集中し、毛穴の一つ一つが性感帯と化してゆく。

「ああっ、みるく、大好きだっ。ベロッ、レロォッ。かわいいワキも、かわいいみるくも、俺は大好きなんだっ！　ネロネロッ、ブチュウゥゥ〜ッ！」

陣は熱い想いをぶつけながら、ねぶりまわしつづけて鋭敏になった腋を激しく吸い立てる。その瞬間、みるくの腋から全身にビリビリッと強烈な快感の電流が走り抜けた。

「ひあぁぁーっ！　いくっ、いくぅ〜っ！　みるく、ワキマ×コで、イッちゃうぅ〜っ！」

とうとうみるくは、自分ですら子供だと思っていた腋で、絶頂を迎えてしまったのだった。

「はぁ、はぁ……わたし、ほんとうに、ワキでイッちゃった……ツルツルの子供みたいなワキで、アクメしちゃったのぉ……」

いまだヒクヒクと痙攣している肢体をベッドに投げ出し、みるくはぼんやりと天井を見つめている。陣はようやくみるくの腋から口を離すと、みるくの体の上に覆いかぶさり、蕩けたみるくの顔を正面から覗きこんだ。

「みるく。わかってくれたか？　俺はセクシーな女が好きなんじゃなくて、みるくが好きなんだって。……ずっと黙ってたのは、みるくが俺のためにセクシーになろうって頑張ってくれてるのが嬉しかったからなんだ。それと……」

陣は頬を掻きつつ、バツが悪そうに呟く。

「本当のことを言ったら、もうみるくとエッチなことできなくなっちゃうんじゃないかとも思って。……その、ゴメン」

「ううん。もう、いいの。おにいちゃんがみるくを、ほんとうに好きだって言ってくれたから、それだけでいいの。わたし、すごくうれしいの……」

兄も、妹として以上に、自分のことを思ってくれていた。その事実だけで、みるくは胸がいっぱいであった。

「みるく。改めて言うよ。俺と……恋人に、なってくれないか？」

「はい……。みるくを、おにいちゃんの恋人にしてください……」

二人はそれぞれ、兄妹を越えた関係になりたいと伝え、そして了承し合った。そして陣は、みるくの唇に唇を重ねる。みるくの瞳から、ポロリと感激の滴が流れ落ちた。

しばらくみるくの唇を味わっていた陣は、やがて唇をみるくの顔の上にツツツと這わせ始める。滴の跡を唇でなぞった陣は、みるくの額にチュッと口づけ、ニッコリと微笑んだ。

「俺、もっとみるくに証明したい。かわいいみるくが大好きだってことを。だから、このかわいい顔もたっぷり舐めちゃうな」

「えっ。ひゃんっ？　お、おにいちゃん、もうみるく、疑ってないよ？」

「わかってるよ。ただ、俺が証明したいだけなんだ。だから、みるくのかわいい顔、舐めさせてな」

陣は笑うと、舌をみるくの前髪の生え際に這わせてゆく。そのままおでこを舐め、眉間、まぶた、そしてみるくの白目までチロチロと舐めだした。

「はひぃぃっ！　お、おにいひゃ、そんなとこなめちゃらめぇぇっ、ひゃうっ、ふぁひぃぃ～んっ！」

頬も鼻も、耳も唇も顎も、みるくの愛らしい顔を余すところなく陣の舌が這いまわり、唾液を塗りこめてゆく。

みるくは頭が沸騰しそうな感覚に陥りながら、本当の意味で、自分が兄のモノとなったのだと悟ったのだった。

二人は保健室を出ると、チアリーディング部の部室に向かった。鍵は部長から陣が受け取っている。みるくに、着替えが終わったら鍵を閉めて職員室に戻すように、と伝言を頼まれていた。

男子生徒に鍵を渡すのは無用心にも思えるが、意外と陣は信頼があるようだ。もっとも、陣にはみるくしか見えていないため、安全だろうと判断されたからであるが。実際、気絶したみるくの元にどこからともなく現れて駆け寄ったことで、さらに陣の評価は上がったようだ。本当のところは、ただの偶然なのだが。

部室の前で待っていようとした陣に、扉から顔を出したみるくがチョイチョイと手招きをする。おそるおそる部室のなかを覗くと、誰もいないようだ。みるくがせがむような目で見るので、陣はあたりを確認してからそっと部室に侵入した。

部室に入った瞬間、みるくは扉の鍵を閉めると、陣に抱きつき唇を重ねてきた。

「ンチュゥッ……。おにいちゃん。ここなら二人っきりになれるよ」

「ど、どうしたんだ、みるく。今日は大胆だな」

「だって、おうちに帰るまでなんて、我慢できないんだもん。みるく、おにいちゃんと早く、恋人セックスしたかったのっ」

みるくはしゃがみこむと、勃起した陣の股間に頬擦りした。淫らに振る舞うみるくに、陣はゴクリと唾を飲みこむ。

保健室では勢いで押し倒したものの、いつ保健教諭が戻ってくるかわからないので、みるくの顔を舌愛撫した後、続きは帰宅してからすることに決めた。しかし、完全に官能の火がついてしまったみるくは、到底我慢できなかったようだ。

みるくは陣のズボンのチャックを下ろすと、肉棒をまろび出す。そしてチアユニフォームの上着をたくし上げ、ブラジャーを外して豊かな乳房を露出すると、その谷間に肉棒をムニュッと挟みこんでしまう。

「おにいちゃん。みるくのおっぱい、きもちいい？」

「ああ、最高だよ。この蕩けそうな柔らかな感触、たまらないよ。チ×ポまで一緒に蕩けちゃいそうだ」

「えへへ。よかった、わたしのおっぱい大きくて」

みるくはニコッと微笑むと、両手で乳房を左右から押し潰し、狭間の肉棒を圧迫する。

「みるくの体、子供っぽいところばっかりだけど、でもおっぱいだけはゆうちゃんが羨ましがるくらい大きいの。だから、おにいちゃん、みるくのおっぱいでたくさんきもちよくなって」

「さっきも言ったけど、俺はセクシーとか気にしてないんだぞ」

「うん。わかってるよ。ただ、みるくがおっぱいでしたいだけ」

言うと、みるくは体を上下させ、柔らかな乳肉で陣の肉棒をしごきたて始める。

「うおっ。ふわふわでトロトロのおっぱいが、チ×ポに絡みついてくるっ。みるくのパイズリ、最高だっ」

「えへへ。おにいちゃん、すごくきもちよさそう。みるくのおっぱいのなかで、オチ×ポピクピクはねて、カウパーもいっぱいあふれちゃってるよ」

パイズリも陣が教えたものだったが、みるく主導で行われるとまた勝手が違う。予想できないタイミングでの攻撃に、陣の快感がどんどん高められてゆく。

「みるく、パイズリ大好きなんだよ。初めてアクメしたのがおっぱいだったし、こうしておにいちゃんのオチ×ポを包んでると一緒にきもちよくなれるから、うれしいの。今日は、おにいちゃんにイカせてもらうんじゃなくて、みるくが自分でおっぱいアクメするところを見てほしいの」

みるくは乳房を押す両手で、タイミングをずらしてそれぞれ円を描き、肉棒を包む乳房を変形させて刺激を与えてゆく。

「あぁんっ。おっぱいあついよぅっ。カチカチオチ×ポにズリズリこすられて、オマ×コみたいにジンジンしびれるのぉっ。それに、サラサラの手袋でおっぱいをナデナデすると、ゾクゾクしちゃうっ。みるくのおっぱいは内側も外側もぜ～んぶ、ビンカンおっぱいマ×コなのぉ～っ」

自ら乳房を揉みたて肉棒に擦りつけ、湧き上がる快感に愛らしく喘ぐみるく。陣はこの手でみるくを攻めたい衝動に駆られるも、みるくが自ら快楽を求めようとしている姿を邪魔できず、拳を握りしめただ快感を享受する。

「おにいちゃん、みるく、唾液垂らしちゃうね。おっぱいの間を、興奮したオマ×コみたいに、唾液でネチョネチョにするね。クチュクチュ、えあ〜っ……」

みるくは口をもごつかせ口内で唾液を作ると、乳房の谷間にタラタラと垂らしてゆく。潤いの増した乳房はさらに滑りがよくなり、陣の肉棒をヌコヌコと攻め立てる。

「くぅぅっ、みるくのヌチョヌチョ乳マ×コ、きもちよすぎるっ」

「ひうぅっ。わたしも、オチ×ポでヌチョヌチョおっぱいをズリズリされて、たまんないようっ。おっぱいイキそうなのぉっ」

みるくの声色も、快楽に押され切なくなってゆく。二人共に絶頂がそう遠くないことを感じ、みるくはさらに大胆な行為に及ぶ。

「おにいちゃんのオチ×ポ、おくちマ×コでたべちゃうの〜。はぷっ」

みるくは亀頭を口で咥えると、乳房を下から手のひらで掬う。そして上目遣いで陣を見上げつつ、亀頭を咥えたまま乳房をタプタプと上下させ始める。

「チュパ、チュパッ。みるく、おっぱいマ×コでオチ×ポをズリズリしながら、先っぽを咥えてるのっ。チュチュ、チュゥッ。カウパーたくさん、おくちのなかにあふれてるっ。おっぱいがオマ×コ、おくちが子宮になっちゃったみたいだよ～っ」

卑猥すぎるみるくの例えに、陣はビクビクッと肉棒を震わせる。陣が感じているのを悟ったみるくは、さらに両手を激しく動かす。プルプル揺れる乳房の狭間で、肉棒がグニグニと揉み立てられる。

「おにいちゃぁんっ。チュパッ。みるくはオマ×コ、全身オマ×コなのっ。おっぱいマ×コも、おくちマ×コも、おにいちゃん専用の恋人オマ×コなのぉっ。もっと感じてっ。きもちよくなってぇっ。全身オマ×コのみるくに、ドピュドピュザーメンだしてぇぇ～っ」

みるくの淫靡で切ない訴えに、陣は腰をガクガク跳ねさせる。乳房の狭間で肉棒が暴れまわり、みるくの唇が亀頭にグニグニと歪められる。

「くおぉっ！　出る、出るぞみるくっ。俺専用の恋人マ×コに、たっぷりザーメンぶちまけるぞっ」

「らひてぇ～っ。みるく、ぜんぶ受け止めるからぁ～っ。ジュブブブブッ」

みるくは亀頭だけでなく、肉棒を喉奥までズプズプと呑みこんでゆく。そして両手で乳房を押しこみ、自分の頬ごと肉棒を激しくしごきたて出した。

「んぷぷぅ～っ！　ズプッ、ジュルルッ。ふみゅっ、はみゅぅ～んっ」

（おくちの奥まで、オチ×ポがズブズブ入ってるぅっ。オチ×ポと一緒に、おかおもおっぱいでズリズリしちゃってっ。おくちマ×コも、おっぱいマ×コも、たまらなくきもちいいよぉ～っ！）

みるくは肉棒を呑みこみ乳房に顔を埋め、バキュームフェラで肉棒を攻め立てる。陣はみるくの頭をガッチリつかむと仁王立ちになり、その爆発的な快感に耐えつづけた。みるくもまた、乳房と同時に口の内も外も刺激される快感に、ピクピクと肢体を震わせる。

「ズルッ、ジュルルルッ。おにいひゃんっ、ザーメンらひてっ、みゆくにのまへてぇ～っ、ジュブルルルーッ！」

みるくは唇と頬を思いきりすぼめて肉棒に粘膜を余すところなく貼りつけると、さらに柔らかな乳房で包みこみ、むちゃくちゃにこねまわした。その瞬間。

「くあぁっー！　出るっ、出るぅぅーっ！」

ドビュッ！　ブビュッ、ブビュビューッ！

「んぷっ⁉　ふむむぅ～～～～んっ‼」

大量の射精液に、みるくの口内がぷくっと膨らむ。粘膜をジクジク焼かれる感覚に、みるくは目を白黒させつつも、ゴキュゴキュと喉を鳴らして精液を嚥下し始める。乳房で顔を圧迫しすぎたせいか、口内に収まりきらなかった精液が唇から溢れ出し、乳房をドロドロと汚してゆく。

（ふみゅぅっ、おくちに、のどに、ドロドロザーメンあふれてるのぉっ。おくちからあふれて、おっぱいもザーメンでネチョネチョで、おかおもザーメンの匂いで包まれちゃうよぉっ）

精液の味、匂い、感触。そのすべてで口内を、乳房を焼かれ。みるくは湧き上がる快感に全身をビクビクッと跳ねさせる。

「ふみゅみゅっ、いきゅっ、いきゅうぅぅ〜〜〜んっ！　みゅくっ、おくひマ×コも、おっぱいマ×コも、だいしゅきなおにいひゃんのこいびとザーメンで、たくしゃんキュンキュンってアクメしちゃうのぉ〜っ！　ひあぁぁぁ〜〜〜〜んっ！」

そしてみるくは乳房に顔を埋めたまま、愛する兄の精液に染め抜かれ、絶頂に包まれるのだった。

みるくにパイズリフェラで射精に導かれた陣は、お返しとばかりにみるくを立たせ、スカートのなかに頭を潜らせる。そしてアンダースコートを下ろすと、みるくの恥丘にキスをし、舌を伸ばしてベロベロと舐め始めた。

「ふあぁっ。おにいちゃん、ペロペロしてるっ。みるくのお子さまツルツルオマ×コを、たくさんペロペロしてるのっ」

兄がどんな顔で舐めているのか気になって、みるくは自らスカートをたくし上げ、股間を見下ろす。すると兄は、本当に嬉しそうな顔で、みるくの無毛の恥丘を舐めつづけていた。

「みるくのツルツルマ×コ、スベスベで最高の舌触りだよ。今までも本当は舐めたかったんだけど、みるくにセクシー好きが嘘だってばれると困るから、あまり見ないふりをしてたんだ。ようやく舐めれて、俺、すごく嬉しいよ」

「そうだったんだぁ。おにいちゃん、みるくのツルツルオマ×コ、好きなだけ舐めていいよぉ」

「ああ。思いっきり舐めさせてもらうな」

コンプレックスだった無毛の恥丘に兄の愛情をたっぷりと塗りこめられ、みるくは幸せに浸っていた。

しかし、兄の秘めていた劣情はみるくの想像以上のものだった。優しくも濃密な舌愛撫でふやけるほどに徹底的に舐め上げられ、みるくは体に力が入らず上体を背後のロッカーにもたれかけさせる。

「ふあぁぁ～っ。みるくのオマ×コ、おにいちゃんの舌でとろけちゃうぅ」

「ああ。もっともっと蕩けていいぞ。レロッレロッ、ベロオォ～ッ」

肩幅に脚を開き、たくし上げたスカートをギュッとつかんで、みるくは舌奉仕を受けつづける。陣はみるくが倒れないようにその腰を両手でガッチリつかみ、ひたすらているのだ。

「ひあっ、はあぁぁんっ！　おにいちゃんっ。みるくイッちゃうっ。ツルツルオマ×コでイッちゃうよぉ〜っ！」

「いいよ。遠慮せずにイクんだ。レロレロッ。みるくのオマ×コはツルツルなだけで、かわいい上に超ビンカンな、セクシー美女よりずっと魅力的な俺専用オマ×コだ。俺の舌で、たくさんイキまくってくれっ。ベロッ、ネロォォ〜ンッ」

「はひぃぃぃ〜っ！　いくっ、いくっ！　みるく、いくのぉっ！　ツルツルオマ×コ、おにいちゃんのペロペロで、たくさんアクメしちゃうのぉ〜〜っ!!」

みるくは恥丘への舌愛撫だけで、上体を大きく反らせ、白いニーソックスに包まれた脚をガクガク震わせて絶頂を迎えた。しかし陣は、それでもみるくを解放しない。アクメ中の恥丘を、さらに舌でねぶりつづける。

「ひうぅぅ〜っ！　おにいちゃん、みるくのオマ×コ、イッてるのに、アクメしちゃってるのにぃっ。ピクピクのアクメオマ×コ、そんなに舐めつづけられちゃったら、みるく、おかしくなっちゃうよぉ〜っ」

「みるくの喘ぎ声、かわいいよ。もっともっと聞かせてくれ。ベロベロ、レロッ」

陣はみるくの甘い嬌声をBGMに、すっかり恥丘クンニに没頭している。絶頂の上
に舌で恥丘をねぶる。そう。膣穴にはいっさい舌を触れず、恥丘だけをねぶりつづけ

にさらに快感を上塗りされ、みるくはまともに立っていられなくなる。

それでも腰は陣の手で固定されているため、上体がロッカーからズルズルとずり落ち、みるくはブリッジ状態になってしまう。しかし柔軟なみるくの肢体は、痛みも感じず、与えられつづける快楽だけをただ味わい尽くす。

「ひあぁっ、いくのっ、またいくのぉっ！　みるくのツルツルオマ×コ、おにいちゃんにペロペロされすぎて、こわれてイキッぱなしのどエッチアクメオマ×コになっちゃったのぉっ！　ひあぁぁ～～～んっ‼」

とうとうみるくは恥丘攻めだけで蜜壺から潮を噴き、何度目かわからぬ絶頂を迎えた。だが陣はその潮を心地よさそうに浴びながら、なおも舌を休めようとしない。とうとうみるくは我慢できなくなり、震える指先を秘裂に添えると、自ら左右に引っ張り媚肉を露出させる。溜まっていた愛液が、トロッと床に垂れ落ちる。

「おにいちゃぁんっ。もう、みるく、ガマンできないのぉっ。してっ、してぇっ。どエッチになっちゃったみるくのトロトロオマ×コに、恋人セックスしてぇっ」

潤いきった蜜壺を自らくつろげて愛らしい声で挿入をねだるみるくに、陣はようやく我に返る。気づけば肉棒ははちきれんばかりに勃起していた。陣はようやくみるくの股間から唇を離すと、立ち上がりみるくの腰をつかんで肉棒を膣口に当てる。

「みるく、入れるぞ。初めての恋人セックス、しちゃうぞ」

「うんっ。してっ、してぇっ。はあぁぁんっ。みるく、こんなオマ×コを突き出したどエッチポーズで、初めての恋人セックスしちゃうよぉっ」

「もっと普通の体位でするか？」

「ううんっ。いいの。このままがいいのっ。おにいちゃんがみるくのツルツルオマ×コをたくさんペロペロしてくれたから、みるくはこんなどエッチポーズになっちゃったのっ。みるくはおにいちゃんにメロメロなのっ。だから、メロメロのまま恋人セックスしたいのっ」

　愛らしすぎるみるくの訴えに、陣も興奮に抑えが利かなくなる。

「わかった。みるくのメロメロマ×コに、思いっきり恋人セックスするぞっ。このちっちゃいのにどエッチなマ×コを、今日はザーメンでいっぱいにするからなっ」

「うんっ。してぇっ。今日はだいじょうぶだから、みるくのメロメロオマ×コをおにいちゃんのラブラブザーメンでいっぱいにしてえぇ～っ！」

　みるくのおねだりに、陣の理性が吹き飛ぶ。次の瞬間、陣の肉棒はみるくのトロトロに潤いながらも狭い膣道を一気に通り抜け、子宮口に亀頭がガツンと叩きつけられた。

「きゃひいぃぃぃーーーんっ！　いくっ、いくぅーーーっ!!」

　膣壁をこそがれるゾクゾクする快感と、子宮を突き上げられる強烈な刺激が混ざり合って暴れ狂い、みるくの肢体を駆け巡る。みるくはその苛烈過ぎる快感に絶叫し、上体は完全に力が入らなくなり頭が床についてしまう。

絶頂と同時にみるくの膣壺が陣の肉棒をギュムムッと強烈に締めつける。瞬時に射精に導かれそうになりながら、陣はその強烈な快感に必死で耐える。

陣はみるくの腰をしっかりつかみ直すと、快感に耐えつつ腰を前後させ始める。みるくは膣穴を肉棒で吊り上げられたような、ブリッジをした状態で膣穴を穿たれ、生じる爆発的な快感を受け止めつづける。

「はひっ、あひぃんっ！　おにいちゃぁんっ。みるくのオマ×コ、おにいちゃんにズポッズポッてされるたび、きもちよすぎてビクビクしちゃうよぉっ。ふあぁっ、またいくっ。おにいちゃんのオチ×ポで、みるくのビンカンどエッチオマ×コ、またイッちゃうぅ～っ」

「くおぉっ！　みるくのアクメが、チ×ポに伝わってくるっ。みるくのマ×コがアクメするたびに、俺のチ×ポもイカせようとギュンギュン締めつけてくるっ。でもまだだっ。みるくの恋人マ×コを、もっともっと味わうんだっ！」

絶頂によりキュムキュム蠕動《ぜんどう》する膣肉の攻めに耐えながら、陣は気合を入れ直すと、みるくの膣穴を肉棒でさらに掻きまわす。

「ふあぁんっ、また、またいくぅっ！　オマ×コきもちいいっ、オチ×ポズポズポきもちいいのぉっ。恋人せっくしゅ、しゅごいのぉ〜っ！」

「俺も、最高に気持ちいいよっ。恋人セックス、最高だぁっ！」

陣は全身がバラバラになりそうなほどの快感に呑みこまれそうになりながらも、必死に耐えて腰を前後に振りたくる。結合部からはジュボッジュボッと卑猥な音が鳴り、カウパーと大量の愛液の混じった汁がブチャブチャと激しく飛び散っている。

陣は腰を振りつつ、みるくの様子を見る。可憐なチアガールがすっかり快楽に呑みこまれ、バンザイ状態で抽送を受け止めている。一突きするたびに豊かな胸がプルンと震え、愛らしい顔が悦楽でトロトロに蕩けてゆく。

「ああっ。チアガール姿のみるくと恋人セックスできるなんて、夢みたいだよっ」

「ひあんっ、おにいちゃん、みるくのユニフォーム姿、好きなのぉ？」

「ああ、大好きだよっ。真面目に練習しているみるくには悪いと思ってたけど、でもみるくがユニフォーム姿で、おっぱいをプルプルさせたり脚を大きく上げて股を開いたりするのを見て、本当は興奮しまくってたんだっ。くうっ、スケベなお兄ちゃんでごめんな、みるくっ」

膣襞を擦られる快楽に蕩けながら、みるくは初めて知る事実に戸惑う。

「あんっ、ほ、ほんとうっ？　ゆうちゃんは足が長くてすごくカッコイイし、まりちゃんはとってもセクシーなのにっ？　せんぱいたちもみんな、すごくキレイでオトナな人ばっかりだよっ？　だけどおにいちゃんは、みるくで興奮してたのっ？」

「そうだっ。俺はみるくだけを見て、みるくで興奮しまくってたんだっ。ダメだって思ってはいたけど、でも、ぷるぷる弾んでるみるくのおっぱいを揉みたい、もっと脚を開いてかわいいお尻をたくさん見せてほしいって思ってたんだっ」

　陣の謝罪交じりの熱い訴えに、みるくの胸がゾクゾクと震える。

「ふあぁぁっ！　わ、わたし、セクシーになりたくてチアリーディング部に入ったのっ。おにいちゃん好みの女の子になりたくて、セクシーなせんぱいがたくさんいるこの部に入ったのにっ。でもでも、ひあっ、そんなせんぱいたちよりも、おにいちゃんはみるくのことをエッチだと思って見ていてくれてたなんてぇっ」

　自分よりもずっと魅力的だと思っていた周囲の女性たちに見向きもせず、ただ自分だけを兄は見つめ、熱い想いを抱いてくれていた。その事実に、みるくの全身がカァッと燃え上がる。

「おにいちゃぁんっ。もっと、エッチなチアガールになっちゃったみるくを見てぇっ。みるくのユニフォーム姿は、おにいちゃんのためのものなのぉっ。もっともっと、チアガールのみるくをかわいがってぇっ」

　ますます熱く潤うみるくの蜜壺。膣襞は無意識にムニュムニュと蠕動し、陣の肉棒に愛しそうにムチュムチュと絡みつく。膣肉全体も、その溢れんばかりの愛情を示すかのように、全体で肉棒をムギュッと抱きしめている。

みるくの熱烈すぎる求愛に、陣の我慢もとうとう限界に達する。

「くあぁーっ！　も、もう我慢できないっ。みるく、出すぞっ！　俺だけのチアガールに、最高にかわいくてエッチな恋人に、たっぷりとザーメンを中出しするからなっ」

「うんっ。してしてしてぇっ。おにいちゃんをいつも興奮させちゃってたチアガールは、もうおにいちゃんの恋人なのぉっ。おにいちゃんの恋人ザーメンで、みるくのオマ×コを、子宮のなかまでたぷたぷにしてぇ～っ！」

妹としてのみるくも、チアガールとしてのみるくも、すべてが陣のもの、陣の恋人。たまらない喜びに興奮と快楽が混ざり合って膨れ上がり、陣の射精欲求が頂点まで押し上げられ、そして勢いよく弾けた。

「くうあぁーっ！　みるくっ、みるくぅーっ！」

ドビュブビュッ！　ドクッ、ドプドプドプッ、ブビュビュビューッ！

「ひあぁぁぁーーーんっ！　いくいくっ、いくうぅぅぅぅぅーーーっっ‼」

あまりに大量の精液が、猛烈な勢いでみるくの膣奥に噴出した。子宮口をビチャビチャと精液に焼かれ、みるくは仰け反って体をガクンガクンと暴れさせる。ひとしぶきごとに絶頂に絶頂が積み上がり、みるくは快楽の極地へと押し上げられてゆく。

（オマ×コあつぃっ、子宮がとろけちゃうよぉっ。みるくのおなか、おにいちゃんのあつぅいラブラブザーメンでパンパンなのぉっ。うれひいよぉっ。みるくはほんとうに、おにいちゃんの恋人になれたんだね）

いまだ止まらぬ射精液に体奥を染め抜かれ、みるくは多幸感でその顔をトロトロに緩ませる。みるくの全身がピクピク痙攣し、乳房はプルップルッと心地よさそうに弾んでいる。

陣は射精をつづけつつ上体を倒し、みるくに折り重なるとその小さな体をギュウッと抱きすくめる。そして亀頭を子宮口にグニグニと押しこみながら、いまだ放出をつづける精液を奥の奥まで浴びせてゆく。

「あひっ、ひぃぃんっ！　おにいひゃんのオチ×ポ、みるくの奥までとどいてぇっ。ザーメン、おなかのおくまで、ドパドパってかかってるよぅ」

「ああ。くっ、みるくの奥まで、子宮まで、ザーメン出してるぞっ。みるくが俺の恋人だって証拠で、みるくの体のなかまでいっぱいにするぞ。くうっ」

「うれひぃよぉ。おにいひゃんのザーメンで、みゆくをいっぱいにひてぇ。みゆくはおにいひゃんの、こいびとらのぉ～っ」

みるくは快楽に痺れきった両手両足になんとか力をこめ、陣にすがりつく。もっと奥で繋がりたいというかの如く、二人は限界まで密着し、深く深く繋がる。みるくは本当に幸せそうな顔をして、子宮の奥で愛の証を浴びつづけるのであった。

恋人となって初めてのセックスを終えて、二人は抱き合い互いのぬくもりを感じつつ、深い息を吐いていた。どちらからともなくお互いの顔を見つめ、幸せそうに微笑み合う。二人はようやく、本当の意味で一つになれたのだ。

やがて、陣がゆっくりと肉棒を引き抜いてゆく。絶頂の上に精液を大量に塗りこめられた肉襞は恐ろしく敏感で、カリ首が引っ掻きながら抜け出てゆく感覚に、みるくはピクピクと肢体を痙攣させる。

肉棒が抜けると同時に、大量の白濁がゴプリと溢れ出す。それでもまだ溢れるほどの精液が、陣の肉棒の形ピッタリに広げられた膣穴に溜まっていた。

「おにいちゃぁん。みるくのおしり、持ち上げてぇ。みるく、オマ×コにおにいちゃんのラブラブザーメンが溜まってるところ、見てみたいのぉ」

「ああ。これでいいか?」

陣はみるくの尻を持ち、ググッと持ち上げてみるくの体を折り曲げさせ、まんぐり返しの体勢にしてやる。みるくは精液でたっぷりと満たされた蜜壺を、瞳を蕩けさせて見つめていた。

「うわぁ〜。みるくのオマ×コ、おにいちゃんのザーメンでたぷたぷだよぅ。あんっ、垂れてきちゃったぁ。はぷっ」

残滓が膣口からトロトロと溢れてきたのを見たみるくは、頭を曲げて自分の膣口を口で塞いでしまった。

「みるく。ザーメン呑みたいなら、すぐに新しいのを出してやるぞ？」

その体のあまりの柔らかさに驚きつつ、陣はそう声をかける。

「ちがうのぉ。これは、おにいちゃんとのはじめての恋人セックスで出してもらった大切なザーメンだから、一滴もこぼしたくないのぉ。はむ、チュルッ。ひぁんっ。おにいちゃん、きもちよくておしりが動いちゃうから、押さえててぇ」

みるくにせがまれ、陣はみるくの尻をガッチリと両手で固定する。みるくはまんぐり返しの体勢で、時折快感にピクピクと尻たぶを震わせつつ、中出しされた精液をうっとりと嚥下していった。

「チュパ、チュルルッ……ぷぁ。ごひそうさまれしたぁ～……」

すべての精液を呑み下した頃には、みるくの口元は白濁と愛液でベタベタで、しかしみるくはなんとも満足げな表情を浮かべていた。その様子を見ていた陣の肉棒は、すっかり復活していた。陣はみるくの尻を押さえたままみるくの頭の側にまわり、みるくの見ている目の前で、膣穴に肉棒をズブズブと挿入していく。

「ひあぁぁっ!?　おにいちゃんのオチ×ポ、みるくのオマ×コにズプズプ入ってきてるよぅっ。みるく、またセックスしちゃうのぉっ？」

「ごめん、みるく。みるくのエロエロな姿を見てたら、俺、また我慢できなくなっちゃった。この体勢のままハメていいか？」

「うんっ。おにいちゃんがみるくでエッチな気分になってくれると、みるく、すごくうれしいのぉっ。だから、おにいちゃんの好きなようにセックスしてぇっ」

突然の挿入に目を丸くしたみるくであったが、すぐに兄の気持ちを受け入れる。そして陣は、みるくに見せつけるように、ゆっくりと肉棒を抽送していく。

「ふあぁぁ……みるくのちっちゃなオマ×コに、おにいちゃんのおっきなオチ×ポがズポズポしてるぅ。こんなに苦しそうなのに、でもすごくトロトロで、うれしそうなのぉ。はあぁんっ、オマ×コ、きもちいいよぅっ」

「俺のチ×ポも、すごく気持ちいいよ。わかるだろう？」

「うん。おにいちゃんのカチカチオチ×ポ、ピクピクしてるよ。ふあぁ、タマタマもプルプルしてるぅ……レロォッ」

「うおぁっ！　セックスしながらタマ舐めなんてっ。それ、ヤバすぎるっ」

揺れる玉袋がなんだかかわいく思えて、みるくは舌を伸ばして玉袋を舐め上げる。玉袋から湧き上がる快感に、陣の肉棒が膣穴のなかでビクッと震える。みるくは窮屈な姿勢で、快感に溺れながら結合部を眺め、睾丸を舌で愛撫しつづける。

陣は長いストロークで、みるくの膣穴を奥までじっくりと味わってゆく。みるくは両脚の膝の裏にそれぞれ腕を絡め、快感で暴れそうになる足を自分で押さえこむ。

「くうぅっ、みるくのマ×コは、何度味わっても最高だよ。気持ちよすぎて、あんなに出したのにまたザーメンが上がってくるよ。本当に俺専用のマ×コだな」

「えへへ、あんっ、うれしいなぁ、あぁんっ。たくさんきもちよくなって、おにいちゃん専用のどエッチオマ×コに、何度でもザーメン出しちゃってねっ」

卑猥な賞賛も素直に喜びとして受け入れ、みるくはうっとりと頬を染めた。

グプグプと繰り返される抽送にしばし酔いしれていたみるくの目に、ふと陣のある一点が目に留まる。心地よさそうに収縮するその部分が、なんだか愛らしく感じられて。みるくはテロンとそこを舐め上げた。

「くあっ!?　み、みるく、どこ舐めてるんだっ」

陣は驚いて声を上げる。みるくが舐めたのは、陣の肛門であった。

「だって、なんだかきもちよさそうにヒクヒクしてたんだもん。おにいちゃん、イヤだった？　きもちわるい？」

「い、いや。気持ちよかったけど……。って、そうじゃなくて、そんな汚いところ、舐めなくていいって」

突然のアナル奉仕に、陣は慌ててみるくをいさめる。しかしみるくの耳には、先ほどの陣の心地よさそうな声がしっかり残ってしまっていた。みるくは陣の尻の間に顔を埋め、チロチロと尻穴を舐め始める。

「み、みるくっ。本当にやめ、うあぁっ」

「おにいちゃん、きにしないでぇ。チロ、チロッ。みるく、おにいちゃんがきもちいいことなら、なんだってしたいのぉ」

みるくは陶然とした顔で、チロチロと舌を動かしつづける。その愛らしい顔が汗で蒸れた雄の匂いにムワムワと包まれ、脳髄までジクジクと痺れさせる。

（みるく、おにいちゃんのおしりを舐めちゃってるのぉ。おにいちゃんのおしりのニオイ、なんだかクラクラしちゃうよぅ。おしりの穴、ヒクヒクきもちよさそうで、もっともっと舐めてあげたくなっちゃうのぉ）

みるくの尻穴奉仕はとどまるどころか、ますます熱心になってゆく。陣もまた、その痺れるようなむずがゆい快感から離れられなくなり、みるくの顔の上にまたがったまま、自分の腰は動かさずにみるくの尻を前後させて肉棒を抜き差しする。

「くうっ。かわいいみるくが、こんなことまでしてくれるなんてっ。お礼にたくさんマ×コをズボズボして、また中出しでイカせてやるからなっ」

「うんっ。はひっ。うれしいの、おにいちゃんっ。ペロペロ、レロッ。みるくの舌できもちよくなったら、たくさんオマ×コにザーメンだしてねっ」

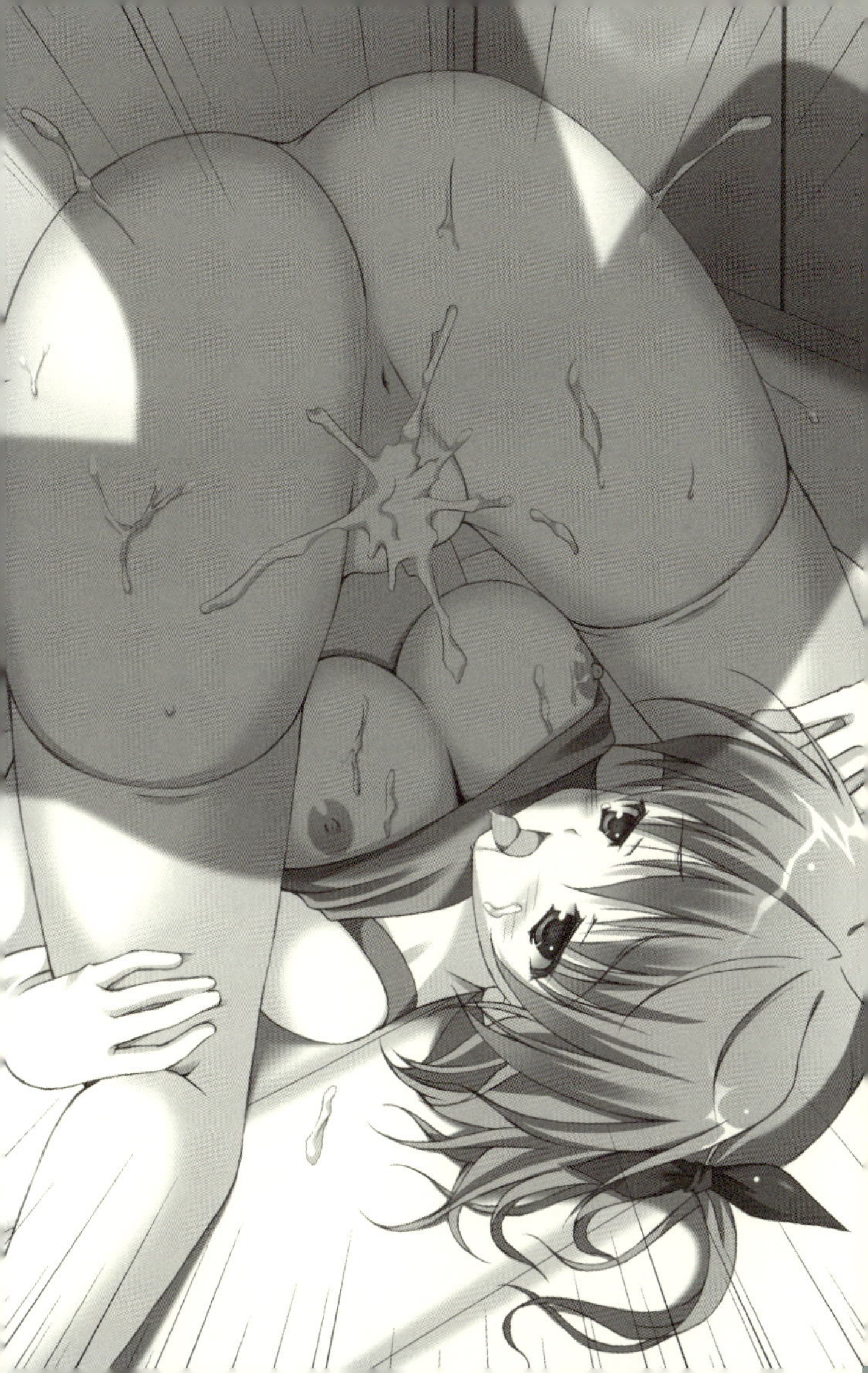

陣はみるくの腰をガッチリつかみ、その丸い尻を激しく前後に動かして肉棒に快感を送りこむ。湧き上がる激しい快感に、みるくは舌を動かせなくなり、ただその顔を陣の尻に埋めてしまう。

「おにいちゃぁんっ。んぷっ。オマ×コきもちいい、きもちいいのぉ〜っ」

みるくの唇が、陣の肛門に触れる。その温かな感触に、陣の全身を快感が走り抜ける。

「くうぅっ、みるくがアナルキスしてるっ！　みるくのマ×コも俺のチ×ポをギュンギュン搾ってるっ！　くあぁ〜っ、たまんないっ。みるく、出すぞっ。マ×コにザーメン、いっぱい出すぞっ！」

「あんっ、ひぁんっ！　だひて、だひてぇっ。みゆくのオマ×コに、またザーメンらひてぇっ。オチ×ポだいしゅき、セックスだいしゅきっ。ザーメンだいしゅきぃっ。だいしゅきなのぉっ、おにいちゃあぁ〜んっ。えろおぉぉ〜っ」

膣襞から生じる激しい快感に、みるくは全身をプルプルと震わせる。そして胸に湧き上がる熱い想いを兄に言葉の限りにぶつけ、舌を思いきり出して、陣の尻穴にベチヨッと押しつけた。

「うあぁあっ！　イクぞ、みるくっ！　ザーメン、出るぞおぉっ！」

ブビュッ！　ドビュドビュッ、ブビュルルルーッ！

「んぷあぁぁ～～～っ！　いくっ、いくいくっ！　んぱぁっ、おにいちゃんのおひりにキスしながらっ、みゆく、オマ×コアクメしちゃうのぉ～っ！　ひあぁぁぁ～～～～んっ‼」

　みるくは兄の一番穢れた部分に口づけしながら、再び子宮の奥まで精液で染め抜かれ、絶頂に呑みこまれていったのだった。

エピローグ　お祭りの夜もぺ〜ろぺろ

陣とみるくが恋人同士になった、その夜。一週間ぶりに、父母から国際電話がかかってきた。毎週日曜に、互いの様子を電話で確認する約束となっているのだ。

父は、旅行の話や、新しい母とのノロケ話を楽しそうに語る。そんな話を聞いていると、結婚っていいいなと、毎度思わされてしまう陣である。

電話の切り際に、陣は慌てて父を呼び止める。みるくは喉が渇いたとキッチンへと向かっていた。聞くなら今だ。

「ちょ、ちょっと待って。……あのさ、父さん。もしだけど……もし、俺とみるくが付き合いだしたら、どうする？」

「ん？　おおっ。お前たち、付き合い始めたのか？」

「そ、そうじゃなくって。だから、もしもだよ、もしも」

陣は慌てて否定する。しかしその声の動揺から、真実は丸わかりであった。

「もしもか。もしそうなら、俺も母さんも安心するな。よく、お前たちが一緒になってくれたらなあ、って話してるし」

「えっ。そうなの？　だって俺たち、兄妹になったんだし……」

「なんだ、知らんのか。連れ子同士は結婚できるんだぞ。血は繋がっていないしな。だから、安心して結婚しろ。ああでも、ちゃんと避妊はしろよ。お前たちは、まだ学生なんだから。本当にほしくなったら子供を作れよ」

「だ、だから違うってば。話が飛び過ぎだよっ」

あっけらかんと言い放つ父に、陣の方が動揺してしまう。最初から、兄妹であることへの葛藤など、必要ない環境であったのかもしれなかった。


翌週の土曜日。この日は毎年恒例の、地元の神社で行われるお祭りの日である。

「えへへ～。おにいちゃんとデートッ♪」

みるくは陣の腕に腕を絡め、楽しそうに笑っている。確かに、二人が恋人同士となってから、初めてのデートらしいデートであった。

みるくは桃色の生地に赤い花が咲いた、かわいらしい浴衣を着ている。陣も紺色の浴衣を着ていた。毎年浴衣で祭りに出かけるのは恒例となっていたので、二人とも問題なく着付けをできるようになっていた。もっとも、これまではそれぞれ親と一緒であったので、二人きりで祭りに出かけるのは初めてであった。

浴衣から覗くみるくのうなじに、陣は知らずドギマギしてしまう。子供だとばかり思っていたが、みるくももう大人なのだな、と改めて感じる。

「あっ。おにいちゃん、りんご飴売ってるよ、りんご飴。ああっ、あっちにはチョコバナナも。うわ～っ。綿菓子もあるっ。あれも、これもっ。あ～ん、もう、どれ食べよっかな～っ」

そんな陣の感慨をよそに、夜店の明かりと食欲をそそる匂いにつられて、みるくはあっちへフラフラ、こっちへフラフラしている。

「おいおい。みんないっぺんには食べれないだろ。せめて両手で持てる分だけにしろよ。……これじゃ、恋人っていうより保護者だな、俺」

陣はみるくに袖を引かれながら、やっぱりみるくは子供かもしれない、などと考えていた。

結局みるくは、右手にりんご飴、左手にチョコバナナを持って、交互にパクつきつつ参道を歩いていた。

「おにいちゃん。甘くておいしいよ。おにいちゃんも食べる？　あ～ん……」

「いや、いいよ。それより混んでるから、落とさないようにしろよ」

「ぷ～。こんなにおいしいのに。あ～ん、レロッ。あまずっぱ～いっ。こっちも……チロチロッ。あまぁ～いっ」

みるくは陣が興味を示さなかったことに頬を少し膨らませつつも、りんご飴とチョコバナナを交互に舐め始める。しかし、それはもしかしたら陣の気のせいなのかもしれないが、みるくの舐め方は妙に艶かしかった。

「あぁん、このりんご飴、すごくおっきいよぅ。水飴がネトネトで、みるくのおくち、トロトロになっちゃうのぉ。あんっ。チョコ、溶けてきちゃう。急いで舐めなくちゃ。レロッ、レロォ～ッ」

みるくは舌を伸ばして、丸く大きな玉（りんご飴）と長い棒（チョコバナナ）を交互に美味そうに舐めている。気づけば陣は、股間を隠すように前かがみになっていた。

「ペロペロッ。あれ？　おにいちゃん、どうしたの？」

「みるく、やっぱり食べながら歩くのははしたないからダメだ。あっちで食べちゃいなさい」

「ええっ？　わわっ。おにいちゃん、引っ張らないで～っ」

陣はみるくの腕を引き、メインの参道から脇へと抜けていった。実際には、両手にりんご飴とチョコバナナを持ってそれぞれパクついているみるくの姿は、そのあどけない容貌もあって、行き交う人にはかわいらしいという印象しか与えていなかった。

つまり、普段の濃厚な舐め奉仕を知っている陣だけが、過剰に意識し、興奮してしまったのであった。

参道の脇の茂みをしばらく進むと、やしろの裏手に出る。ここには誰かがやってくることはほとんどなく、今も祭りの喧騒が遠くに聞こえるくらいで、周囲は静寂に包まれていた。

そして今。一本の太めの木を背にして立っている陣の前に、みるくがしゃがみこんでいた。陣の股間は、浴衣を押し上げて大きく盛り上がっている。

「おにいちゃん、みるくがりんご飴やチョコバナナをペロペロしてるのを見て、興奮しちゃったの？」

みるくがイタズラっぽく微笑む。陣はバツが悪そうに頬を掻き、しかし素直に頷いた。みるくは周囲を見まわし人気がないことを確認すると、両手が塞がっているため、膨らみにそっと頬擦りする。

「おにいちゃん。オチ×ポ出して。みるくが小さくしてあげる」

「あ、ああ。頼むよ」

みるくの浴衣姿と淫靡な舌遣い（お菓子を舐めていただけだが）にすっかり興奮していた陣は、素直に肉棒を晒した。みるくは瞳をトロンと潤ませ、チュッチュッと愛おしそうに亀頭に唇を重ねる。

「昨年までも一緒にお祭りに来てたのに、今年はおにいちゃんが、みるくでこんなにエッチな気分になってくれてる……」

「ああ。みるくの浴衣姿、今年はとても色っぽく見えるよ。どこがどう変わったってわけじゃないけど、みるくは大人になったんだなって思う」

「えへへ。うれしいな。おにいちゃんと恋人同士になれたからかな。それとも、おにいちゃんとエッチなこと、たくさんしたからかも」

頬を染め、上目遣いでそう呟くみるくに、陣の胸がドキリと高鳴る。大人びた顔を見せるみるくにドギマギしていると、みるくは肉棒を舌でチロチロ舐めながら、手に持ったりんご飴を肉棒に塗りつけ始めた。

「ペロ、ペロッ。えへへ。おにいちゃんの、オチ×ポ飴～」

「こ、こら。食べ物で遊んじゃダメだっ。それに食べられなくなっちゃうだろ」

大人だと思えば、途端に子供っぽい一面を見せる。陣は慌ててみるくの手からりんご飴とチョコバナナを奪った。

「や～ん。ちゃんと食べるよぅ。みるく、おにいちゃんのオチ×ポの味、大好きだもん。はぷっ」

お菓子を取り上げられたみるくは残念そうな顔をする。そして、水飴を塗られてべトベトになった肉棒を、その愛らしい小さな口に咥えこんだ。

「チュパ、チュプッ。おにいちゃんのオチ×ポのエッチな味に、あまぁい味が混じって……。おいしすぎて、みるくのおくちのなか、とろけちゃいそうなのぉ」

みるくは瞳を蕩けさせて肉棒にむしゃぶりついている。両手が塞がってしまった陣は、ただただ直立して快感に耐えつづけるしかない。

「おにいちゃぁん。早くみるくのおくちマ×コにドピュドピュしてぇ。みるくにザーメンのませてぇ～」

「あの噂は嘘だったのに、みるくは相変わらずザーメンが大好きだよな」

「もちろん。だって、おにいちゃんがきもちよくなってくれてるって証拠だもん。みるく、おにいちゃんのザーメン、だ～いすきっ」

淫靡な言葉を口にしながらも屈託なく笑うみるくに、陣はゾクゾクと興奮を煽られる。陣は知らず腰を突き出し、みるくの口内の感触をより味わおうとする。

「くうっ。みるく、もっと、もっとしゃぶってくれっ」

「ふぁ～いっ。はぷはぷっ。チュパチュパ、チュチュゥ～ッ」

みるくは左手で陣の腰をつかみ、より深く肉棒を咥えこむ。空いた右手は陣の睾丸をクニクニと刺激する。

「みるくはおにいちゃんの、エッチな恋人なのぉ。みるくのおくちはおにいちゃん専

用の、恋人おくちマ×コなのぉ。おにいちゃんのラブラブザーメンで、みるくをおなかいっぱいにしてぇ～っ。ジュプジュプ、ジュルル～ッ」

みるくの熱いおねだりに、陣の欲求も限界を迎える。陣は水飴やチョコがみるくの髪につかないように気をつけつつ、塞がった両手でみるくの頭を押さえる。

「くあぁっ。みるく、ザーメン出すぞっ。初めての恋人デート中に、みるくのかわいいおくちをザーメンでいっぱいにしちゃう、悪い恋人でごめんなっ」

「んぷっ、いいのぉっ。みるくはいつだっておにいちゃんを受け止めたいのぉっ。だから、デート中でもガマンしないで、たくさんきもちよくなってぇ～っ」

ドピュドピュッ！　ブピュッ、ズピュピュピュー ッ！

「ふむぅんっ！　んっんっ、ふみゅううう～んっ」

愛する兄の愛の証を口いっぱいに満たされ、みるくは絶頂と共に甘ったるい嬌声を漏らし、瞳を幸せそうに揺らめかせた。

「んぷ、んぷ……んぱぁ。みへぇ、おにいひゃん。みゆくのおくひ、おにいひゃんのザーメンでいっぱいらよ～」

みるくは精液を嚥下せずに口内に溜めると、肉棒から口を離す。そして精液溜まりと化した口内を、陣に見せつける。愛らしい口内を濃厚な白濁に埋め尽くされながらも幸せそうに微笑んでいるみるくに、陣の肉棒が射精したばかりにもかかわらずビクンと跳ねる。

みるくは肉棒の下に両手のひらを添えると、上から口内の精液をタラタラと垂らしてゆく。

「んあ～っ……。おにいちゃんのオチ×ポ、ザーメンで真っ白になっちゃった。オチ×ポミルク飴、って感じだね。夜店で売ったら大人気になっちゃうかも」

「おいおい」

とんでもないことを言い出すみるくに、陣は思わず苦笑いする。

「でもでもっ。これを食べられるのは、みるくだけなんだよ。おにいちゃんのおいしいザーメンもオチ×ポも、食べられるのはおにいちゃんの恋人の、みるくだけ。そうだよね、おにいちゃんっ」

「ああ。もちろん。俺のチ×ポもザーメンも、みるくだけのものだ」

陣の言葉に、みるくは嬉しそうに微笑む。

「うんっ。それじゃみるく、おにいちゃんのオチ×ポミルク飴、独り占めしちゃうよっ。あ～ん、はぷっ。……ふみゅうぅ～んっ。おくひのなか、ザーメンでとろけちゃうのぉ～んっ」

みるくは精液まみれの肉棒を再びジュパジュパとしゃぶり始める。最愛の妹はすっかりいやらしくなってしまったが、しかしそれこそが陣の望んだ姿で。陣の顔を見上げながら幸せそうに肉棒をしゃぶるみるくを見ていると、陣の胸にも途方もない興奮と喜びが湧き上がってくる。

陣の肉棒はみるくの口内で再び硬度を増し始め、みるくはますます幸せそうに瞳を蕩けさせるのであった。

（FIN）